주인님의
사랑의 가르침

주인님의 사랑의 가르침

초판 1쇄 찍은 날 | 2015년 10월 1일
초판 1쇄 펴낸 날 | 2015년 10월 10일

지은이 | 니가나
그린이 | 아야사카 리오
옮긴이 | 송아름
펴낸이 | 예경원

편집책임 | 박우진
편집 | 오아현

펴낸곳 | 예원북스
등록번호 | 제396-2012-000132호
등록일자 | 2012. 7. 25
YRN | 제5-0041호

주소 | 경기도 고양시 일산동구 무궁화로 8-28 삼성메르헨하우스 1118호 (우) 410-837
전화 | 031-819-9431 팩스 | 031-817-9432
http://blog.naver.com/ainandfin
E-mail | ainandfin@naver.com

ISBN 979-11-5845-825-6 03830

※ 이 도서의 국립중앙도서관 출판시도서목록(CIP)은 서지정보유통지원시스템 홈페이지(http://seoji.nl.go.kr)와 국가자료공동목록시스템(http://www.nl.go.kr/kolisnet)에서 이용하실 수 있습니다.

가나 글
야시가 리오 그림
아름 옮김
주인님의
사랑의 가르침
Marchen
메르헨 노블
Novel

※ 이 이야기는 픽션으로, 이야기에 등장하는 인물 · 단체 · 사건은 현실과는 무관합니다.

맥스웰
바엔디 공작의 집사장.
로렌스 랑그리지
로랑산 백작. 스테판의 친구.
주인님의 사랑의 가르침
등장인물소개

스테판 하웨이
바엔디 공작.
사교계에서 염문이 자자한 바람둥이.
줄리에타 크리포드
어렸을 때, 스테판에게 거둬져서 메이드로.

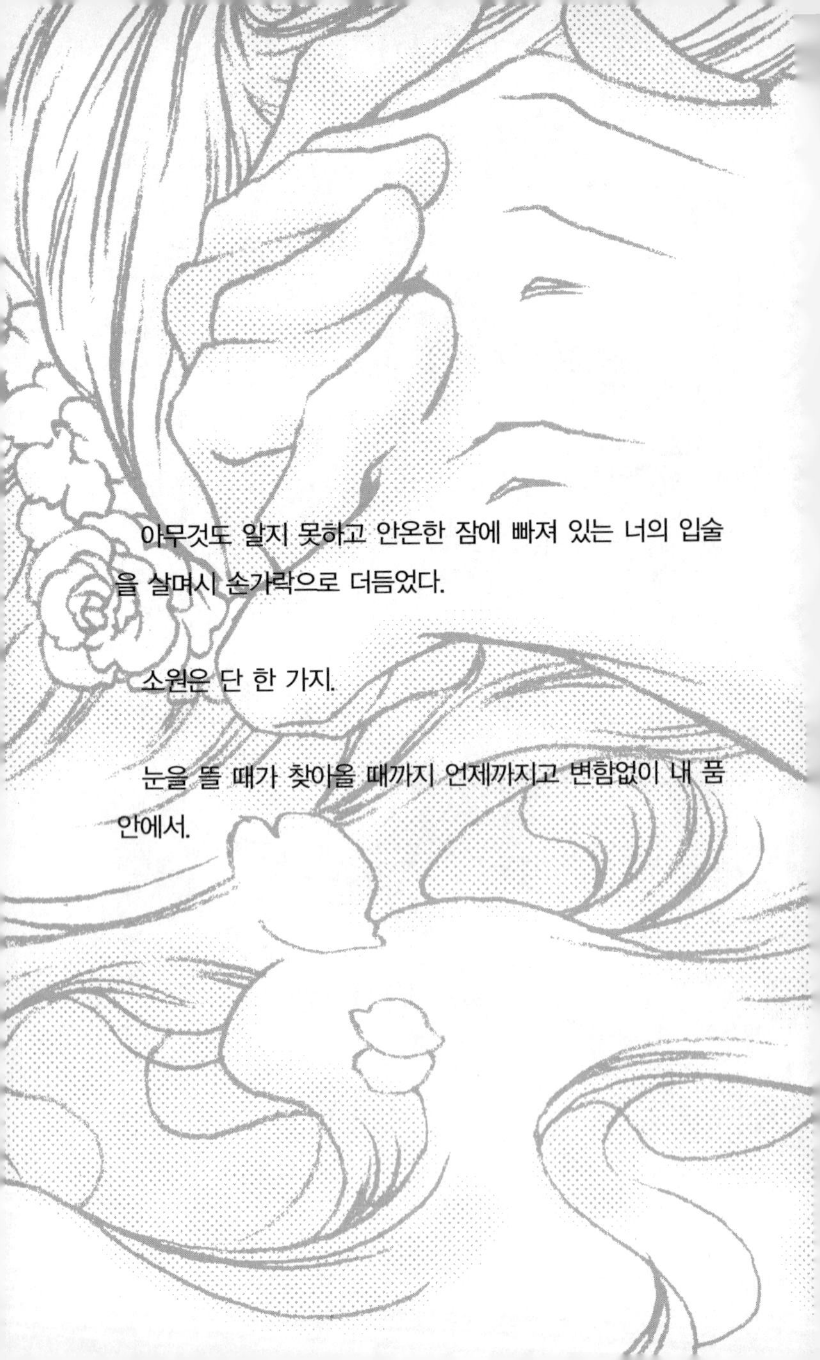

아무것도 알지 못하고 안온한 잠에 빠져 있는 너의 입술을 살며시 손가락으로 더듬었다.

소원은 단 한 가지.

눈을 뜰 때가 찾아올 때까지 언제까지고 변함없이 내 품 안에서.

프롤로그
버려진 아기 고양이의 첫사랑

"……추워. 아버지는 아직 술을 마시고 있나……?"

아르도 미르스국 북부에 위치한 데잔트리 지방. 그 시골 구석에 있는 메이르즈는 밀가루나 포도를 특산물로 하고 있는 마을이다. 거기서 소작농을 운영하고 있는 크리포드 가의 외동딸 줄리에타는, 밤도 늦었는데 아직 돌아오지 않은 아버지 죠지를 계속 걱정하고 있었다.

깨닫고 보니, 계절은 벌써 겨울이 되어 있다. 줄리에타는 손톱부터 얼어붙는 것을 참으면서, 아직 어린 몸을 웅크리고 담요에 파묻은 채 거실의 소파에서 무릎을 안았다.

당장에라도 지붕이 무너져 내릴 것만 같은 작은 집이라

도 난로는 있다. 그러나 잘 맞지 않는 창문의 틈새에서 불어 들어오는 바람 탓에 방 안은 따뜻해지지 않았다.

저녁부터 날씨가 나빠지기 시작해, 지금은 세찬 비바람이 집의 지붕을 때리고 있었다. 오후가 지나서 일을 포기하고 아버지는 마을에 하나밖에 없는 펍에 가셨다.

항상 있는 일이지만, 날씨가 너무도 나빠서 귀가 중에 사고라도 난 건 아닌지 불안해졌다.

일 년 전에 어머니가 젊은 남자와 도망쳐 버린 후부터 줄리에타의 아버지는 술에 절어 매일을 보내고 있었다. 지금처럼 적당한 일만 하고 있으면, 분명 가까운 시일 내에 지주에게 쫓겨나고 말 것이다. 어머니가 있었을 때의 아버지는 질이 좋은 밀을 키우는 것으로 정평이 나 있었다. 빨리 원래의 성실한 모습으로 돌아오길 원했다. 그렇게 줄리에타는 빌고 있지만, 아내를 맹목적으로 사랑하고 있던 아버지에게 어머니의 배신은 받아들일 수 없는 일인 게 분명했다.

일곱 살이라는 나이에도 줄리에타는 그 외로움이 아플 정도 이해가 되었다. 그녀도 또한 같은 마음이니까. 그 탓에 술에 절은 아버지를 강하게 말릴 수 없었다.

"돌아오는 길은 괜찮을까……."

줄리에타가 한숨을 쉬고 중얼거릴 때, 현관문을 세차게 두드리는 소리가 들려왔다.

누구지? 아버지라면 열쇠를 갖고 있을 텐데.

줄리에타는 두려움에 조금 몸을 경직시켰다.

"어이! 줄리에타. 문 열어. 이 아버지를 내쫓을 셈이냐?"

아버지의 목소리다. 열쇠를 가지고 있으면서도 그녀에게 문을 열게 시킨 것은 손이 덜덜 떨릴 정도로 만취해 버렸기 때문인지도 모른다.

서둘러 현관으로 향한 줄리에타는 자물쇠를 열었다.

"어서 오세요."

아버지인 죠지는 현관 바닥에 물웅덩이가 생길 정도로 푹 젖은 생쥐 꼴이 되어 있었다.

"……큰일이야! 감기에 걸리겠어. 수건 갖고 올게요."

서둘러 수건을 가지러 갔다 왔지만, 현관에 아버지의 모습은 보이지 않았다.

거실로 향하자 젖은 채로 소파에 쓰러져 있는 모습을 발견했다.

"너무 많이 마시지 마세요. 이대로라면 몸이 망가져 버릴 거야."

아버지인 죠지는 얼마 남지 않은 크리포드가의 생활비조차 술값으로 쓰고 있었다.

이대로는 몸을 망치기도 전에 둘은 아사하게 될 것이다. 그러나 상처받은 모습의 아버지에게 그런 말을 꺼낼 수는 없었다.

줄리에타는 아버지를 배려했지만, 아버지는 격양한 모습으로 고함을 질렀다.

"시끄러워! 네가 걱정하고 있는 것은 내 몸보다 돈이잖아!"

"아버지……."

줄리에타가 다갈색의 눈동자를 글썽거리며 슬픈 표정으로 아버지를 바라보았다. 그러자 아버지는 더욱 화를 내며 줄리에타의 멱살을 잡았다.

"네 그 눈동자는 네 엄마와 똑같아. 화가 나. 나를 보지 마. 지금 당장 이 집에서 나가!"

그런 말을 들어도 일곱 살의 몸으로는 갈 곳 따윈 없었다. 집을 나가면 길거리에서 헤맬 것이 눈에 빤히 보였다.

줄리에타는 겁을 먹으면서도 머리를 부들부들 옆으로 저었다. 그리고 아버지에게 매달리려고 했다.

그러나 이번에는 팔이 잡히고 현관 밖을 향해 질질 끌려 나갔다.

"그만해요. 아버지."

줄리에타는 목소리를 쥐어짰다. 하지만 아버지는 그녀의 팔을 놓으려고 하지 않았다. 그리고 차가운 빗속으로 억지로 질질 끌고 갔다.

"어차피 너도 나중에 몇 년이 지나면 엄마와 똑같이 남자를 타락시켜 갈 거야. 그렇다면 지금 당장 어울리는 곳에 팔아 치워주지.”

밖은 얼어붙을 것처럼 추웠다. 게다가 떨어지는 비가 더욱 체온을 빼어갔다.

“……저, ……저를 어디에 팔 거예요?”

그러자 아버지는 비웃는 듯이 웃으며 대답했다. 만취해 있는 탓인지 아버지는 비에 젖는 것도 신경 쓰지 않는, 소름끼치는 모습이었다.

“사창가다. 맛있는 것을 마음껏 먹고 매일 몸치장을 할 수 있어. 먹을 것도 제대로 없는 가난한 생활보다는 나을 거야.”

사창가라는 곳은 여성이 몸을 팔며 사는 곳이다. 그러나 일곱 살인 줄리에타는 그곳이 무슨 일을 하는 곳인지 이해하지 못하고 있었다.

그러나 아버지의 심상치 않은 표정에서 무서운 곳이라는 것만은 느낄 수 있었다.

“싫어…… 요. 말 잘 들을 테니까, 팔지 마요…….”

필사적으로 호소했지만 질책이 날아왔다.

“시끄러워. 얌전히 나를 따라와!”

도망치려고 해도 어린 몸으로는 아버지의 힘에 이길 수 있을 리가 없다.

질질 끌려가서 어느새 마을 중심부에 가까워져 갔다.

“마침 번화가에 중개인이 와 있었어. 오늘 밤 중에 펍에

가면 널 사주겠지. ……너는 어머니와 똑 닮은 외모니까, 비싼 값에 팔 수 있을 거야.”

펍까지 앞으로 삼십 야드가 남은 곳에서, 줄리에타는 땅에 발을 딱 버티고 서서 필사적으로 도망치려고 했다.

“싫어…… 읏! 아버지……. 용서해 줘요…….”

그러나 악마가 들린 것 같은 모습으로 아버지는 그녀의 뺨을 후려갈겼다.

“악!”

눈앞에 불꽃이 튀었다. 흠뻑 젖은 뺨이 얼얼하며 뜨겁고 아팠다.

“나에게 거역하지 마! 네 얼굴을 보고 있으면, 화가 나. 지금 당장 눈앞에서 사라져 버려!”

어머니가 도망을 치고 난 후부터, 상냥한 아버지였던 죠지는 줄리에타에게 냉혹하게 굴기 시작했다. 그녀는 지금에서야 겨우 그 이유를 깨달았다.

줄리에타의 얼굴이 어머니를 떠올리게 하기 때문에 아버지를 더욱 괴롭게 하는 것이었다.

그래서 아버지는 줄리에타와 얼굴을 마주하지 않도록 집 밖에서 술에 전 생활을 하고 있었던 것이다.

아버지가 괴로운 것은 줄리에타 때문. 모든 것은 그녀의 존재가 나쁜 것이다.

“……히…… 끅. 죄송합니…… 다.”

눈 안쪽이 확 뜨거워지고 줄리에타의 다갈색의 눈동자에서 눈물이 흘러내렸다.

그러나 비에 맞아서 푹 젖어 있었기 때문에 눈물은 보이지 않았고, 단지 어두운 밤거리에 그녀의 훌쩍거리는 소리만이 울렸다.

"시끄러워. 울지 마! 짜증나니까."

아버지가 다시 한 번 손을 올리려고 한 그때.

검게 칠한 마차가 그녀들의 옆에서 멈추었다. 높은 위치에 창문이 있어, 거기에서 이쪽으로 얼굴을 향한 사람 그림자가 보였다.

그리고 바로 한 남자가 내려섰다. 칠흑 같은 연미복을 몸에 걸치고, 검은 머리카락에 잿빛 눈동자를 한 키가 큰 남자였다.

"이런 한밤중에 무슨 소동이냐고 주인님이 묻고 계십니다. 대답해 주시겠습니까?"

조용히 묵례를 하고 자세를 바르게 한 남자가 묻자 아버지는 거북하다는 듯이 얼굴을 피했다.

"별일 아닙니다. 단순히 부모 자식 간의 싸움입니다."

줄리에타는 이를 악물고 눈물을 참으려고 했지만, 흐느낌이 새어 나왔다.

"으…… 흣."

아버지에게는 미워하는 줄리에타를 어딘가로 팔아 치우

는 일은 별일이 아닌 것 같다. 그 정도로 그녀의 존재는 방해였던 것이다.

"아가씨, 어째서 울고 있으신가요?"

그 남자가 갑자기 말을 걸어와서 줄리에타는 당황했다.

"……저, 저는……."

거짓말을 할 줄 모르는 그녀가 솔직하게 말하려고 하자 아버지의 고함 소리가 날아왔다.

"말하지 않아도 돼!"

그러자 남자는 쌀쌀맞게 아버지와 줄리에타를 슬쩍 보았다.

"솔직히 대답해 주세요. 우리 주인님은 거짓말을 싫어합니다. 거짓을 입 밖으로 꺼낸다면, 당신들 부녀가 함께 벌을 받게 될지도 모릅니다."

호화스러운 마차에 기품이 있는 집사장을 데리고 있는 것을 생각하면, 그가 말하는 주인이 귀족이라는 것을 간단하게 예상할 수 있었다.

더 이상 자신 때문에 아버지가 고통을 받게 할 수는 없다고 생각한 줄리에타는 솔직하게 대답했다.

"사창가라는 곳에 팔려요……. 저는 방해되는 아이니까……."

그러자 격분한 아버지 죠지에게 억지로 머리가 꽉 눌러졌다.

"줄리에타! 부모에게 망신을 줄 셈이냐!"

질책의 소리가 두려워서 줄리에타는 얼굴을 일그러뜨리면서 움찔 목을 움츠렸다. 아무래도 솔직하게 말하는 것은 아버지에게 망신을 주는 일이었던 것 같았다.

언제까지 아버지의 방해가 되는 일만 할 것인가 생각하며 줄리에타는 고개를 숙이고 입술을 깨물었다.

"소란스러운 남자로군."

그렇게 말하고 마차 안에서 한 소년이 얼굴을 내밀었다. 그리고 마차에서 천천히 내려섰다.

처음에 모습을 나타낸 남자가 소년에게 공손하게 우산을 내밀었다. 주인님이라고 불렀기 때문에 나이가 많은 남자를 상상하고 있었지만, 그는 아직 열다섯 살 정도의 나이로 보였다.

소년은 가는 몸에 프록코트를 걸치고 중산모자를 쓴 모습이었다. 머리카락은 달빛처럼 빛나는 백금발로, 얼핏 보면 백발로 착각할 정도로 가늘고 사락거렸다. 눈동자는 빨려 들어갈 것 같을 정도로 아름다운 푸른 바다 빛이다.

그 외모는 지금까지 만난 적이 없을 정도로 반듯하고, 살결이 곱고 입술은 굳게 다물어져 있었다.

어두운 한밤중의 빗속인데도, 마치 존재 자체가 보석같이 눈부시게 아름답다고 생각되었다.

"아버지라는 입장에 있으면서 이런 나이도 차지 않은 자식을 사창가에 팔 셈인가?"

그리고 소년은 차가운 눈으로 아버지에게 물었다.

"이 녀석이 말을 듣지 않아서 따끔한 맛을 보여주기 위해 말했을 뿐입니다. 진심으로 말한 게……."

거북해하며 아버지는 소년에게 변명을 했다.

"빗속을 억지로 질질 끌고 왔으니까 농담은 아니겠지. 언덕을 지날 즈음에서 너희들을 발견하고 모습을 살펴보고 있었는데, 그 소녀는 계속 저항하고 있던 것 같더군."

"……그것은……."

아버지는 말을 얼버무리면서 핏기가 가셨다. 줄리에타는 자신의 쓸데없는 한마디 때문에 아버지가 벌을 받게 됐다는 것을 깨닫고 서둘러 소년에게 말대꾸를 했다.

"아버지를 비난하지 마세요……. 제가 잘못했어요. 그러니까…… 혼나는 것은 당연해요."

소년의 앞에 서서 팔을 옆으로 벌리고, 줄리에타는 필사적으로 아버지를 감싸려고 했다.

그러자 소년은 의아한 듯한 표정으로 물었다.

"너는 팔릴 뻔한 몸이면서, 그래도 아버지를 감싸는 것인가?"

잘못한 사람은 줄리에타다. 어머니와 닮은 외모로 태어나서 아버지의 비위에 거슬리는 말밖에 할 수 없다.

그녀만 없어진다면 원래의 근면한 아버지로 분명히 돌아

와 줄 테니까.

"감싸는 게 아니에요. ……진짜 그러니까……."

그렇게 대답하면서도 너무 슬퍼서 딸꾹질이 나올 것 같았다.

필사적으로 눈물을 참는 줄리에타를 소년은 가만히 바라보고 있다가 갑자기 손을 뻗어왔다.

"……그런가? 그렇다면 너는 나와 가는 게 좋겠어. 좀 더 너에게 도움이 되는 일을 주지. 그 남자의 곁에 있으면 또 사창가에 팔려고 할지도 모르니까."

"제게…… 일을……?"

줄리에타는 아직 일곱 살이다. 원래라면 일 같은 것을 받을 수 있는 나이가 아니다.

그러나 제안을 받아들이면 분명 아버지의 생활에 도움이 될 것이다. 집안일을 돕는 것 외에도 일할 수 있다면 일하고 싶다고 계속 바라고 있었다.

그녀가 소년의 손을 잡으려고 했을 때, 아버지가 그냥 듣고 넘길 수 없다는 듯이 소리를 거칠게 냈다.

"기다려! 이 녀석의 부모는 나야. 멋대로 정하지 마."

그러자 그 모습을 냉정한 눈으로 바라보며, 소년은 말을 내뱉었다.

"내 이름은 스테판 하웨이. ……바엔디 공작이다. 딸을 나쁘게 대하지는 않겠어. 불만이 있다면 바디스 마을에 있는 저택을 찾아와도 좋아. ……사창가에 팔려고 한 딸을 돌려줘, 라고 대문에 말하면 통과될 거야.”

소년의 말에 아버지와 줄리에타는 숨을 삼켰다. 아직 나이가 어린 소년이 공작의 지위에 있을 거라고는 꿈에라도 생각하지 않았으니까.

“……쳇!”

분하다는 듯이 이를 악무는 아버지를 두고, 스테판이라고 이름을 댄 소년이 줄리에타에게 말을 걸었다.

“너. 이름은?”

날카로운 시선에 비쳐져서 줄리에타는 얼굴을 경직시키고 말았다.

“줄리에타…….”

동요하면서도 얌전하게 대답하자 그는 다시 그녀에게 손을 내밀었다.

살며시 그에게 자신의 손을 내밀자 예쁜 손가락의 매끄러운 감촉이 전해져 왔다.

그의 손은 얼어붙은 줄리에타에게는 매우 따뜻하게 느껴졌다.

* * *

그 소식이 들어온 것은 저녁을 다 먹고 방에 돌아왔을 때였다.

"도련님. 바엔디 공작님이…… 토마스님이 돌아가셨습니다."

안색을 바꾸며 소식을 알려온 사람은 하웨이가의 집사장, 맥스웰이었다. 그는 대대로 하웨이가를 섬겨온 집안의 남자로, 집사장의 아들이다. 어렸을 때부터 영재교육을 받아온 탓인지 평소에 사적인 희노애락을 보이는 일은 없었지만, 주인의 죽음이 닥치면 얘기는 다른 것 같았다.

"그래?"

스테판의 아버지 토마스는 엄격한 남자였다. 마음에 들지 않는 것이 있으면 바로 아들인 그에게 폭력을 휘두르곤 했었다. 그런 아버지가 급사했다는 소식을 들어도 기쁨은 있을망정, 슬픔 따위 품을 수 없었다.

"그러면 저택으로 돌아갈까?"

스테판은 아버지의 감시에서 벗어나고 싶어서 하이스쿨의 여름방학 동안 별장지에 와 있었지만, 이제는 그럴 필요가 없다.

언제나 싸움만 하던 단 하나의 가족이 죽었다. 까다로운 아버지는 친척과 교류가 없었기 때문에 이 세상에 이제 기댈 사람은 자신만 남게 된 것이다.

언젠가 아버지에게 복수를 하겠다고 마음먹고 있던 스테판은 가슴에 바람구멍이 뻥 뚫린 것 같은 마음으로, 준비된 마차에 올라탔다.

아버지인 토마스가 죽은 지금, 바엔디 공작이라는 위치는 사정없이 외동아들인 그의 어깨를 짓눌렀다.

앞으로는 영지나 저택을 통괄하지 않으면 안 된다.

돌아가신 어머니가 가장 사랑하셨던 익숙하고 친숙한 이 별장지를 쉽게 방문할 수도 없게 되겠지.

어두운 밤에 세찬 비가 내리기는 했지만, 이 광경을 눈동자에 새겨 두려고 밖을 바라보고 있을 때였다.

어린 소녀를 억지로 끌고 가는 남자의 모습이 보였다.

"뭐야…… 저건."

시야가 안 좋고, 쓰러지는 나무를 발견할 정도로 세찬 비바람이 부는데도, 저항하는 소녀를 남자가 데리고 가는 모습은 이상했다.

"마차를 세워라."

소리를 내자 맞은편에 앉아 있던 집사장인 맥스웰이 의아한 듯한 얼굴로 물었다.

"무슨 일이십니까? 도련님."

스테판은 이제 열다섯 살이 되었다. 언제까지고 어린애 같은 호칭으로 부르는 맥스웰을 노려보면서 이때다 하는 듯이 명령했다.

"이제 그 호칭은 그만둬. 나는 바엔디 공작을 이을 몸이다."

"죄송합니다. 그러면 오늘부터 주인님이라고 부르겠습니다."

사죄를 하고 맥스웰은 공손하게 머리를 숙였다.

익숙하지 않은 말에 신물이 날 것 같았지만, 꾹 참은 스테판은 명령했다.

"저 남자가 무엇을 하려고 하는지 조사해 줘."

그리고 술에 취한 모습의 남자와 어린 소녀를 따라갔다. 맥스웰이 먼저 마차를 내리고 무슨 일이지 물어보았지만, 아무래도 나이도 어린 소녀를 사창가에 팔려 하고 있는 것으로 판명됐다.

"이 녀석이고 저 녀석이고……."

부모라는 생물은 누구나 자식을 자신의 도구로 착각하고 있는 것은 아닌가 싶어서, 스테판은 격렬한 분노를 느꼈다.

억지로 사창가에 팔려 갈 위기에 처한 소녀가 아버지인 토마스에게 계속 맞아왔던 자신의 모습과 겹쳐져서 내버려 둘 수 없게 되어버렸다.

"소란스러운 남자로군."

지금은 이제 돌아가신 아버지의 모습이 소녀의 부모에게 겹쳐져서 분노를 억누를 수 없었다.

스테판이 모습을 드러내자 울고 있던 소녀가 멍한 모습으로 뚫어지게 올려다보았다.

젖은 밤색 머리카락이 볼에 달라붙어 더욱 애처롭게 보

여 못 견디겠다. 스테판은 그녀에게 태어나서 처음으로 보호본능이라는 것을 품었다.

"아버지라는 입장에 있으면서 이런 나이도 차지 않은 자식을 사창가에 팔 셈인가?"

그렇게 말하고 스테판은 남자를 노려보았다.

"이 녀석이 말을 듣지 않아서 따끔한 맛을 보여주기 위한 것이었을 뿐입니다. 진심으로 말한 게……."

그러자 남자는 거북한 듯이 변명을 해왔다. 그 정도로 저항하고 있던 소녀를 여기까지 질질 끌고 왔으니, 진심으로 사창가에 팔아 치울 생각이었다는 것은 명백했다.

이 주변에는 그런 곳이 없을 터였지만, 중개인들은 나라 곳곳에 퍼져 있다고 들은 적이 있다. 어차피 마을에 찾아온 중개인에게 데리고 가려는 속셈이 분명했다.

"빗속을 억지로 질질 끌고 왔으니까 농담은 아니겠지. 언덕을 지날 즈음에서 너희들을 발견하고 모습을 살펴보고 있었는데, 그 소녀는 계속 저항하고 있던 것 같더군."

"……그것은……."

스테판이 남자에게 그렇게 내뱉었을 때였다. 여기까지 질질 끌려왔던 소녀가 그에게 말대꾸를 해왔다

"아버지를 비난하지 마세요……. 제가 잘못했어요. 그러니까…… 혼나는 것은 당연해요."

소녀는 작은 손을 필사적으로 옆으로 벌리고 자신의 아

버지를 감싸려고 하고 있었다.

어째서 난폭한 가족에게 학대를 받으면서도 상대를 감쌀 수가 있는 것일까?

자신을 도와주는 상대가 있으니까 그에 매달려서 벌을 내리게 하면 될 뿐이다.

그런 간단한 일을 이 소녀는 떠올리지도 못하는 것 같았다.

"너는 팔릴 뻔한 몸이면서, 그래도 아버지를 감싸주는 것인가?"

믿을 수 없는 기분에 물어보자 그 소녀는 울 것 같은 얼굴을 일그러뜨리면서 대답했다.

"감싸는 게 아니에요. ……진짜 그러니까……."

이 더럽혀지지 않은 소녀를 내버려 두면, 제멋대로인 이 남자는 그녀의 몸도 마음도 좀먹을 것이 눈에 빤히 보였다.

"……그런가? 그렇다면 너는 나와 가는 게 좋겠어. 좀 더 너에게 도움이 되는 일을 주지. 그 남자의 곁에 있으면 또 사창가에 팔려고 할지도 모르니까."

스테판은 무의식적으로 소녀에게 손을 뻗었다.

그러자 떨리는 손가락 끝이 살며시 스테판의 손을 잡았다.

'이 얼어붙은 손가락 끝을 따뜻하게 하기 위해서라면 어떤 고생도 마다하지 않을 것 같아.'

스테판은 그런 예감을 하고 있었다.

*　　*　　*

"……아버지. 미안합니다……."

침대에 누운 소녀가 울면서 혼잣말을 했다.

저택에 도착하자 비에 젖어 있던 탓인지 줄리에타라고 이름을 댄 소녀는 열이 나고 말았다.

스테판은 다른 자에게 그녀를 맡길 마음이 들지 않아서 곁을 떠나지 않고 간병을 계속하고 있었다.

그리고 열에 시달리는 줄리에타가 계속 같은 말을 반복하는 소리를 들었다.

이마에 맺힌 땀을 닦고 탈 것 같을 정도로 뜨거워진 손을 꽉 잡았다.

"괜찮아. 아무도 너를 상처 입히게 하지 않을 거야. 내가 계속 지키겠다고 약속할게."

그런 말을 들려주자 다갈색의 눈동자를 글썽거리면서 줄리에타는 울 것 같은 얼굴로 미소를 지었다.

"……고마워……."

감사의 말이라는 것은, 그리고 체온은 이렇게까지 감미롭게 가슴에 스며드는 것일까?

황폐해진 마음을 치유하는 것 같은 줄리에타를 주신 것

에, 스테판은 신에게 마음속으로 감사했다.

그리고 그는 줄리에타를 동생처럼, 그리고 딸처럼 대하기 시작했다.

폭풍에 겁을 내는 일이 있으면 그녀와 같은 침대에서 자고 상냥하게 등을 쓰다듬었다. 어른이 된 줄리에타를 연모하는 남자 하인들과 편애를 한다고 질투하는 하녀도 잘라버렸다.

까다로운 남자라고 소문이 난 듯했지만, 그런 중상모략 따위 줄리에타를 지키기 위해서라면 스테판은 전혀 신경 쓰지 않고 방치했다.

모든 것은 그녀를 지키기 위해.

미니어처 가든 같은 저택 안에서 그렇게 스테판은 줄리에타를 계속 맹목적으로 사랑했던 것이다.

제1장
미니어처 가든의 종언(終焉)

“주인님. 이제 그만 일어나세요.”

능직비단으로 장식된 커다란 차광 커튼을 열자 눈부신 아침 해가 방을 비췄다.

그러나 줄리에타의 깨우는 소리에도 그녀의 주인은 전혀 눈을 뜨려고 하지 않았다. 언제나의 일이지만, 어이가 없어서 한숨이 나왔다.

“오늘은 로렌스님과 체스를 한다고 약속하셨잖아요.”

그렇게 말하면서 캐노피가 있는 침대에 다가갔지만, 이불에 깊게 파묻힌 상대에게서 대답은 없었다.

침대 쪽을 돌아본 그녀는 길게 뻗은 밤색 앞머리의 틈새로 주인의 모습을 살폈다.

그러자 긴 속눈썹을 닫은 채로 숙면을 취하는 모습이 보였다.

전혀 눈을 뜰 기색은 보이지 않았다.

"내가 보기에는 지금은 벌써 낮이나 다름없는 시간인데."

줄리에타의 아침은 빨랐다.

매일 다섯 시 전에 일어나서 해도 떠오르지 않은 시간에 옷을 갈아입고 있다. 그리고 주방장이 바로 일을 할 수 있도록 조리장의 아궁이에 숯불을 지피고 빵을 굽기 위한 가마를 데우기 시작했다.

청소, 세탁, 설거지 등 줄리에타의 일은 많았다.

그것은 주인인 바엔디 공작, 즉 스테판 하웨이가 까다로워서 금방 하인들을 내치기 때문이었다.

이 저택의 하인은 급료도 높고 빈번하게 모집도 하고 있지만, 악평이 퍼져 버린 탓인지 고용 면접을 보기 위해 찾아오는 자는 별로 없었다. 그리고 언제부터인가 줄리에타는 시녀와 시종이 해야 할 일까지 다 처리하게 되어버렸다.

몸시중을 그녀가 아닌 사람이 하면 스테판의 기분이 나빠지기 때문이었다.

"일어나세요."

그렇게 말하고, 불경하다고 알고는 있지만 스테판의 몸

을 흔들었다.

이렇게 하지 않으면 잘 일어나지 못하는 그는 오후까지 자버린다.

"응……. 조금만 더……."

잠에 취한 목소리로 스테판은 그렇게 말하고 다시 새근새근 숨소리를 내기 시작했다.

"안 돼요. 일어나세요."

줄리에타가 아랑곳하지 않고 말을 걸자 갑자기 침대 안에서 손이 뻗어 나와 그녀의 몸을 끌어당겼다.

"……주인님?!"

"심술궂은 나의 아기 고양이. 그렇게 상대해 주길 원해?"

달콤한 속삭임이 들려오고 그가 줄리에타의 귓불에 입술을 댔다.

"……응. 저기, 잠꼬대하지 마세요! 저는 주인님의 애인이 아닙니다."

필사적으로 호소했지만 입술은 목까지 미끄러지고 부드러운 피부가 세게 빨렸다.

"좋은 냄새야. 매우 끌려."

침실에서 주고받는 정담 같은 말이 던져지고 가냘픈 몸이 꽉 안겼다.

"싫어……. 놓아주세……."

짜릿함이 어깨부터 몸으로 퍼지고 심장이 두근두근 뛰고 있었다.

볼이 뜨거워질 것 같았지만, 줄리에타는 필사적으로 견뎠다.

안아오는 팔의 기분 좋음에 몸도 마음도 녹아내릴 것 같고, 그대로 모든 것을 그에게 맡겨 버리고 싶어졌다. 그러나 그럴 수는 없었다.

목덜미에 달라붙는 그를 줄리에타는 필사적으로 떼어내려고 했다.

"앗……! 주인님…… 으응……."

그는 잠꼬대를 하고 있을 뿐이다. 줄리에타를 만지고 있다는 의식 따위는 없다.

그 증거로.

"……응 ……읏."

그의 의식이 선명해지기 시작한 것을 예측하고 줄리에타는 서둘러 떨어졌다.

그리고 검은 원피스 위에 걸친 프릴이 달린 순백의 앞치마를 정리했다.

열렬할 정도로 섹시한 시선이 향했지만, 거기에는 그의 의식 따위는 없다. 그런 섹시한 표정은 무의식적으로 나온 것이다.

"어라. 벌써 아침인가……? 잘 잤어, 줄리에타?"

나른하게 인사를 하는 스테판의 모습에 아까까지의 달콤함 따위는 없었다.

그와 줄리에타는 주인과 하녀다. 십 년 전부터 그것은 흔들리지 않는 관계다.

"애먹이지 좀 말아주세요. 매일 아침마다 이러면 큰일이에요."

아까 있었던 일은 그녀만의 비밀이다.

잠꼬대를 한 스테판이 애인과 착각해서 줄리에타를 껴안고 목덜미에 키스한 것을 깨닫게 해서는 안 된다. 그가 알면 잠을 깨우기 위한 홍차를 옮기는 역할을 다른 사람으로 교체할 것이 눈에 뻔히 보이기 때문이었다.

이것은 오늘 처음 있는 일이 아니다. 매일 아침의 일과 같은 것이었다.

"가차 없네. 역시 나의 줄리에타야."

그렇게 말하고 웃어 보이는 스테판에게 닐기리 크레이그모어의 홍차를 내밀었다.

크레이그모어는 최근 이름이 알려지기 시작한 차밭인데, 질 좋은 차잎이 스테판의 마음에 든 것이었다.

"고마워. 일어나자마자 네가 타준 홍차를 마시는 것이 나에게는 무엇보다 행복한 시간이야."

감사 인사를 하면서 스테판은 가장자리에 금색선이 둘러진 맵시 있는 붉은 장미 무늬의 컵에 입을 댔다.

부러질 듯한 가는 손잡이를 우아한 손놀림으로 드는 그의 모습은 마치 그림처럼 아름다웠다.

"그리고 조금만 더 일찍 일어나신다면 모처럼 준비한 홍차가 식을 일도 없을 거예요."

아까의 입술의 감촉이 뇌리에 떠올라서 볼이 뜨거워지는 것을 줄리에타는 필사적으로 참고 있었다. 그때문에 그만 차가운 말투가 되어버렸지만, 스테판은 신경을 쓰는 모습이 아니다.

"나를 깨우는 것은 너의 역할이잖아. 빨리 일어나게 하는 방안을 생각해 준다면 만사 해결이 아닐까?"

제멋대로인 말을 하면서 스테판은 미소를 지었다.

그리고 홍차를 다 마시고 컵을 사이드 테이블에 놓고 천천히 일어섰다.

"옷 갈아입는 걸 도와줘. 로렌스는 어차피 약속 시간보다 늦게 올 거야. 천천히 아침 식사를 먹기로 할까?"

스테판은 주저하지 않고 잠옷을 벗어 던지고, 옆에 선 줄리에타에게 그것을 건넸다.

* * *

스테판 하웨이 곁에서 줄리에타가 일하기 시작하고 나서 꽤 오랜 세월이 흐르려고 하고 있었다.

처음 만났을 때의 그는 바엔디 공작이라고 밝혔지만, 정식으로 그 작위를 이은 것은 줄리에타가 저택에 오고 나서 조금 후의 일이었다.

그때 스테판은 별장지에서 그의 아버지의 부고를 듣고 서둘러 저택으로 돌아오는 도중이었던 것 같다. 당시 줄리에타의 이상한 모습을 수상하게 여긴 그는 말을 걸어주었지만, 그 같은 상황에서 타인에게 신경을 쓰는 것은 쉬운 일이 아니다.

줄리에타는 스테판에게 아무리 감사해도 모자랄 정도였다. 그대로 아버지의 곁에 남아 있었다면 지금쯤 사창가에서 몸을 파는 생활을 하고 있을 것이다.

어렸을 때에는 사창가라는 곳이 어떤 일을 하는 곳인지 전혀 이해할 수 없었지만, 어른이 된 지금은 두려움에 몸이 움츠러들 정도다.

"오늘은 오믈렛으로 해줄래? 빵은 크루아상으로. 그렇지, 홍차는 달게 해줘. 아아, 그렇지. 메이플 밀크티가 좋아."

옷을 다 갈아입은 스테판이 거울을 보면서 줄리에타에게 그렇게 명령했다.

"이미 그대로 준비해 두었습니다. 주인님."

공손하게 머리를 숙이면서 줄리에타는 대답했다.

"여전히 우수하네. 어떻게 오늘의 메뉴를 알았어?"

눈을 크게 뜨면서 스테판이 이쪽을 돌아보고 웃는 얼굴을 보였다.

스테판은 소년이었던 때도 아름다웠지만, 지금은 예리함을 더해서 더욱 사람을 끌어당기는 매력을 가진 미남자로 변모해 있었다.

사락거리는 달빛 같은 백금발, 빛나는 바다 같은 투명한 눈동자 높은 콧날과 야무진 입술. 균형 잡힌 몸과 긴 팔다리.

표정은 언제나 빈정대는 듯한 미소를 띠고 있지만, 그가 사실은 매우 상냥한 사람이라는 것을 줄리에타는 누구보다도 잘 알고 있었다.

스테판의 어쩌다 웃는 얼굴이 자신에게 향하는 것만으로 심장이 뛰었다. 그러나 줄리에타는 그 마음을 필사적으로 억눌렀다.

고용주에게 연심을 품고 있다니, 불경에도 정도가 있기 때문이다.

"전날에 술을 많이 드신 때에는 피곤한 탓인지 그 메뉴로 하신 적이 많다고 기억하고 있기 때문입니다."

조용히 대답하자 스테판은 만족한 듯이 고개를 끄덕였다.

"모든 것을 다 꿰뚫어 보고 있구나. 나는 이제 네가 없으면 살 수 없는 몸이 되어버린 것 같은 기분이 들어."

그 말에 얼굴이 달아올라 버리는 것을 막을 수 없었다. 그러나 그녀가 고개를 숙이자 길게 뻗은 앞머리가 표정을 전부 가려주었다.

"농담이 지나치십니다."

줄리에타가 쌀쌀맞게 대꾸하자 스테판은 어깨를 으쓱해 보였다.

"이런이런. 정말인데, 너는 정말로 무정한 사람이야. 줄리에타."

처음 이 저택에 찾아온 손님들이 한결같이 줄리에타를 수상하게 여기는 것은 알고 있었다.

뒤는 높게 올려 묶고 있지만, 눈동자가 전혀 보이지 않을 정도로 길게 기른 그녀의 앞머리가 음울하고 기분이 나쁜 듯했다.

그리고 제각기 '저 메이드의 머리를 자르게 해' 라고 스테판에게 충고를 했지만, 그는 줄리에타가 원하는 대로 하게 해주고 있었다.

그 이유는 그녀가 어렸을 때에 아버지에게서 받은 마음의 상처를 알고 있기 때문이다.

줄리에타의 다갈색의 눈동자는 엄마와 똑 닮아서, 문득 거울을 보다가 아버지의 말을 떠올리고 과호흡에 빠져 버리는 일이 자주 있었다.

저택에 이끌려 왔던 때.

나 따위는 차라리 죽어버리는 편이 좋은데. 그런 자책감에 계속 사로잡혀 있던 그녀를 스테판은 언제나 안아주었다.

"줄리에타는 착한 아이야. 죽고 싶다니, 그런 섭섭한 말은 하지 말고 내 옆에 있어주지 않겠어?"

공작이었던 아버지가 돌아가신 지 얼마 안 되는 스테판도 갑자기 떠맡겨진 책무에 괴로워하고 있던 때였을 것이다. 그럼에도 불구하고 줄리에타를 달래주었던 것에는 아무리 감사해도 모자랄 지경이다.

어린 그녀를 매일 밤 자신의 침대에 불러, 잠이 들 때까지 떠는 등을 토닥여 주었던 것이다.

그러니 줄리에타가 신분의 차이에도 불구하고 스테판을 사랑해 버린 것은 당연한 것이다.

아니. 지금 생각하면 처음 만나서 그가 손을 내밀어준 순간부터 스테판에게 마음이 이끌렸던 것 같은 기분이 든다.

까다롭다고 여겨지는 스테판에게 줄리에타가 변함없는 충성을 맹세하고 아무리 일이 산더미처럼 쌓여도 계속 시중을 들고 있는 것은, 전부 그를 몰래 사랑하기 때문이었다.

"아아. 그렇지. 오늘 저택에 오는 로렌스에게 너를 위해 준비시킨 것을 가게에서 받아와 달라고 부탁했어. 기대해도 좋아.”

갑자기 들은 말에 줄리에타는 당황했다.

“하녀에게 그 같은 일을 할 필요는 없습니다.”

스테판은 어렸을 때부터 줄리에타를 보살펴 온 탓인지 이렇게 그녀를 특별대우를 하는 일이 있었다.

“보석이나 드레스는 필요 없다고 했으니까 그런 건 그만두었어. 신경 쓸 필요 없는 거야. 안심해.”

고용인들은 모두 계단 아래에서 살고 있는데도 그녀의 방은 스테판의 옆에 있었다.

원래라면 그곳은 주인의 아내가 사용해야 할 방이다.

이런 식으로 특별대우를 받아도 다른 고용인들에게 시기를 받고 있지 않는 것은, 줄리에타의 긴 앞머리 탓에 주변 사람들에게 꺼려지고 있기 때문이다. 그리고 몸의 관계가 있다고는 생각되고 있지 않은 것. 어렸을 때에 그에게 거둬진 그녀를 스테판이 마치 딸이나 동생에게 향하는 듯한 시선으로 보고 있는 탓이 분명했다.

동생, 그리고 딸. 그것은 결코 연애 감정을 품을 수 없는 존재다.

스테판이 다정하게 대해주는 것은 기뻤지만, 차라리 단순한 하녀로서 대해서 줄리에타의 옅은 기대 따위는 모두 부숴주면 좋을 텐데, 하고 바라지 않을 수가 없었다.

"……언제나 감사드립니다."

스테판에게서 받은 선물을 거절하기만 하면 그가 불쾌해할지도 모른다. 그렇게 생각하고 줄리에타가 감사 인사를 하자, 그는 눈을 휘둥그레 떠 보였다.

"왜 그래, 줄리에타. 그런 기특한 태도로 선물을 받아줄 생각을 하다니. 뭔가 심경의 변화라도 있는 건가?"

쿡쿡 웃는 스테판을 앞에 두고 그녀는 굳게 입술을 다물었다.

"그렇지 않습니다."

자기 자신에게 심경의 변화가 있다고 한다면, 바라건대 스테판을 향한 연심이 당장 사라지길 원한다. 그가 눈치채기 전에. 그리고 줄리에타의 연심이 무참하게 찢겨지기 전에.

*　　*　　*

옆 마을에 거처를 가지고 있는 로렌스 랑그리지, 즉 로랑산 백작이 저택을 방문한 것은 약속 시간에서 네 시간이나 지났을 무렵이었다.

응접실에 모습을 나타낸 그에게 스테판은 벨벳 등받이가 있는 긴 의자에 앉아 기댄 채 말을 걸었다.

"어떻게 된 거야? 로렌스. 이 저택에 오기 위해 마차를 끌 말을 사고 오느라 늦은 건가?"

비아냥거리는 스테판에게 로렌스는 주눅이 들지도 않고 대답했다.

"아니. 마부의 면접을 봤는데 우리 저택에서 일하고 싶은 자들이 넘쳐 나서 말이지. 구애하는 사람이 많다는 것도 상당히 괴로운 것이더군."

과장되게 팔을 벌리고 연극조로 대답하는 로렌스를 스테판은 냉정하게 바라보았다.

"뭐가 마부야. 또 여자를 끼고 놀았겠지."

얼굴을 찌푸리는 스테판에게 로렌스는 웃는 얼굴로 대답했다.

"아아. 들켜 버렸나? 실은 어제 매우 친해진 부인이 아침이 되어도 나를 놓아주지 않아서 말이지."

친하게 됐다, 즉 깊은 사이가 됐다는 것이다.

처음에는 둘의 얘기를 전혀 이해할 수 없었던 줄리에타였지만, 오랫동안 스테판을 모시고 있는 지금은 싫을 정도로 그 의미를 잘 알고 있었다.

"그 여자와 함께 있기 위해서 나와의 약속은 뒤로 미뤄 버렸다는 것인가? 하핫. 왠지 샘이 나는데."

스테판이 긴 다리를 꼬며 그렇게 말해 버리자 로렌트는 쓴웃음을 지었다.

"질투인가? 남자에게 질투를 받아도 오싹할 뿐이네만."

그러자 스테판은 바로 맞받아쳤다.

"흥. 누가 질투 따위를 할까. 너무 화난 나머지 뇌가 타버릴 것 같다고 한 거야."

까다로운 스테판은 기다리는 것을 싫어한다. 이런 식으로 그를 기다리게 하고도 교제가 이어지고 있는 사람은 로렌스 정도일 것이다.

"그런 스테판도 여자에게 얽매여서 나와의 약속을 몇 번이나 어겼잖아."

그 말에 줄리에타는 가슴이 찢어질 듯이 아팠다. 그녀가 모르는 사이에 스테판도 어딘가에서 여자와 만나고 있다는 것을 깨달았기 때문이다.

"시끄러워. 너와의 약속 따위, 지킬 가치도 없어."

"심한 말을 하는군."

그렇게 말하고 두 사람은 마주 보며 쿡쿡 웃었다.

이 두 사람은 하이스쿨 때부터의 친구라고 한다. 사교계에서 두 사람은 '아르도 미르스국의 장미의 쌍벽' 이라 불리며, 여성과의 소문이 끊이지 않는다고 들었다.

그러나 장소를 가리지 않고 여성을 데리고 있는 로렌스와는 다르게 스테판은 결코 이 저택에 여성을 데리고 오는 일은 없었다.

자신의 생활 영역에서는 여성을 데이트에 초대하지 않고 꼬시지도 않는다는 신념이 있을지도 모른다.

그 탓에 스테판이 로렌스와 같이 이름을 날리고 있다는 소문을 들어도, 줄리에타는 믿을 수 없었다.

아니, 단순히 믿고 싶지 않은 것일지도 모른다.

"아, 그래. 늦어졌지만 부탁받았던 것이야."

문득 떠올랐다는 듯이 로렌스가 붉은 리본이 달린 작은 상자를 꺼내서 스테판에게 내밀었다.

"아아. 수고를 끼쳤군. 늦게 온 것은 없던 일로 해주지."

건방진 태도로 말을 내뱉은 스테판은 작은 상자를 손에 들고 줄리에타를 불러 가까이 오게 했다.

"자. 아까 얘기했던 거야. 받아."

줄리에타는 주저하는 듯이 손을 뻗어 그 작은 상자를 받았다. 매우 귀여운 포장이다.

"이건……?"

스테판은 보석이나 드레스 같은 종류는 아니라고 오전 중에 말했었지만, 대체 무엇인지 예상이 가지 않았다.

"초콜릿이다. 네가 좋아할 것 같은 맛으로 조절하게 했어. 나중에 천천히 방에서 먹어."

스테판의 말에 로렌스는 그냥 듣고 넘길 수 없다는 듯이 끼어들었다.

"어이. 이 나에게 하녀의 선물을 사러 가게 한 거냐."

그런 로렌스를 흘낏 보고 스테판은 태연하게 대답했다.

"불만인가? 그렇다면 늦은 것을 사과하는 셈 쳐."

확실히 백작의 신분인 로렌스에게 하녀에게 줄 것을 사오도록 부탁하다니, 매우 무례한 일이다.

미안함에 줄리에타가 고개를 숙이고 있자 로렌스는 '신경 쓰지 않아도 돼' 라고 말을 했다.

"정말로 옛날부터 스테판은 이 아이에게 무르네. 어째서 그렇게나 같이 있으려고 하는지 흥미가 있어. ……너, 잠깐 이쪽으로 와."

갑자기 줄리에타에게 다가온 로렌스가 그녀의 허리에 팔을 둘렀다.

"어……. 저기……."

당황하는 사이에도 그가 자신의 얼굴을 살펴보아서, 줄리에타는 숨을 삼켜 버렸다.

이 정도로 남자에게 밀착한 것은 아버지와 스테판 외에는 처음 있는 일이었다.

"그만해!"

그러자 스테판의 날카로운 목소리가 응접실에 울렸다. 듣는 자의 몸이 움츠러들게 되는 무서운 음성이다.

너무 놀란 나머지 줄리에타가 눈을 크게 뜨자, 스테판은 어색하다는 듯이 헛기침을 하고 로렌스를 타일렀다.

"……줄리에타는 너 같은 날라리가 건드려도 되는 여자가 아니야. 순진하고 남자를 몰라. 그쯤 해둬."

"순진하단 말이지."

가만히 줄리에타를 내려다보면서 로렌스는 의미심장한 표정을 지었다.

뭔가 진정되지 않는 듯한 불쾌한 시선이었다. 어째서 그런 시선으로 바라보는 것인지 그녀로서는 전혀 이해할 수 없었다.

당황하는 사이에도 로렌스가 놀리는 듯이 물었다.

"그런 것 치고는 그녀의 목덜미에는 키스마크가 새겨져 있는 것 같은데?"

로렌스의 말에 스테판은 경악한 모습으로 얼굴을 경직시켰다.

"네?"

어째서 자신에게 키스마크가 새겨져 있는지, 줄리에타는 이해할 수 없었다. 어렸을 때 스테판을 사랑한 후부터 다른 남자에게 다가간 적 없는 몸이었다. 말도 안 되는 소리다.

"줄리에타."

분노에 찬 소리로 이름이 불리자 몸이 위축됐다.

"네, 네."

동요하며 대답하자 얼어붙을 것처럼 차가운 시선이 줄리에타에게 향했다.

"무슨 말이지?"

스테판이 물었지만, 줄리에타에게는 전혀 짚이는 데가

없었다. 벌레에 물렸을 뿐인 게 아닐까?

"저, 저는 모릅니다. 키스마크라니."

고개를 옆으로 젓고 있자 스테판이 그녀를 불러 가까이 오게 했다.

"이쪽으로 와."

얌전히 따르자 즐거워하는 모습의 로렌스가 따라왔다.

"자, 여기."

그리고 그녀의 목덜미를 가리켜 보였다. 그곳을 스테판과 로렌스가 응시하며 잡아먹힐 것처럼 바라봤다.

그러자 로렌스의 손가락을 떼어낸 스테판은 갑자기 그녀가 입고 있는 메이드복의 리본을 풀고 셔츠의 단추를 몇 개 풀었다.

"……아, 저기…… 무슨……."

남자 앞에서 옷이 흐트러지는 것은 처음이었다. 수치심이 든 나머지 줄리에타가 새빨개져 있자 스테판은 그녀의 목덜미를 손가락으로 눌렀다.

"이게 어떻게 된 일이지?"

소름이 끼치는 목소리였다. 마치 믿고 있던 자에게 배신당한 것 같은 모습으로 스테판이 추궁해 왔다.

"……무엇이 말입니까……."

하지만 줄리에타는 정말로 기억나지 않았다. 게다가 어떤 자국이 남아 있는지 스스로는 볼 수도 없다.

"옷깃 근처에 키스마크가 있어. 다른 걸로는 보이지 않는데……. 누가 새긴 거지? 그 남자에게 몸을 허락한 건가?"

가냘픈 어깨가 잡혀 흔들흔들 흔들렸다. 이렇게나 그녀에게 화를 내는 스테판을 보는 것은 처음이었다.

"무슨 말씀이신지……."

필사적으로 호소했다. 그러나 그들은 믿어주지 않았다.

"이렇게 굉장한 키스마크를 남기다니, 대단한 집착심이군. 깊은 사이가 분명해. 후후. 스테판의 소중한 아이가 드디어…… 그렇지?"

이런 엄청난 상황에도 로렌스가 즐겁다는 듯이 장난을 쳐왔다.

그러자 스테판이 더 언성을 높였다.

"줄리에타. 솔직히 말해!"

무슨 말인지 전혀 이해하지 못하고 고개를 갸웃거리고 있던 그녀였지만, 문득 오늘 아침의 일이 떠올라서 '앗' 하고 소리를 냈다.

"역시 짚이는 데가 있는 것인가? 누구야. 상대의 이름을 말해봐."

이름을 듣는 대로 상대의 목숨을 끊어버릴 것 같은 모습으로 스테판이 물어왔다.

"이것은…… 오늘 아침, 주인님을 깨우려고 했을 때에

주인님이 잠에 취해서 새긴 것입니다."

그러나 대답은 누구도 예상하지 못했던 말이었던 것 같았다.

"그럴 리가……."

스테판은 망연해하면서 말을 얼버무려 버렸다. 그리고 당황하는 시선을 줄리에타에게 향했다.

자신이 그런 짓을 했다는 걸 믿을 수 없는 것 같았다.

"스테판은 그때 무슨 말을 했어?"

상냥한 미소를 띠고 로렌스가 물어왔다. 줄리에타는 아침의 일을 떠올리고 새빨개지면서 대답했다.

"'심술궂은 나의 아기 고양이. 그렇게 상대해 주길 원해?' ……라고."

그러자 스테판은 거북하다는 듯이 머리를 눌렀다. 아무래도 어렴풋하게나마, 기억이 있는 것 같았다.

"아무래도 내가 한 짓 같군. 미안해."

"아, 아니요……."

줄리에타는 그 이상 추궁하지 않기를 원해서 말없이 고개를 숙여 버렸다.

그러자 스테판이 갑자기 자리에서 일어섰다.

"주인님? 왜 그러십니까?"

말을 걸었지만, 그는 이쪽을 보려고 하지 않았다.

"아직 눈이 뜨이지 않은 것 같아. 얼굴을 씻고 오지."

그렇게 말하고 방을 성큼성큼 걸어서 문밖을 향해 갔다.

"그렇다면 내 지각도 봐줘도 괜찮지 않나?"

로렌스는 팔락팔락 손을 흔들고 스테판을 배웅했다.

"줄리에타. 체스판 준비를 해둬."

떠나갈 때에 스테판이 그렇게 명령했다.

"이미 다 됐습니다."

체스를 하러 온다는 것은 알고 있었기 때문에 로렌스가 마음에 들어 하는 체스판을 준비해 두었다. 실수한 것은 없을 터였다.

"그래? 바로 돌아오지."

그리고 스테판은 고개를 끄덕이고 응접실을 나가 버린 것이었다.

새로운 홍차를 끓이려고 테이블의 차기에 다가갔을 때.

"저기. 잠깐 괜찮을까?"

그렇게 로렌스가 말을 걸어왔다.

"네?"

줄리에타가 얼굴을 들자 예상하고 있지 않았을 정도로 가까운 곳에 그는 서 있었다.

대체 무슨 일일까? 경계한 줄리에타가 뒤로 물러나려고 했지만, 팔이 잡혀 버렸다.

"전부터 신경이 쓰였는데. 스테판은 너에게 다가가게 해주지 않으니까. 지금 기회에……."

그렇게 말하고 그는 갑자기 줄리에타의 길게 자란 앞머리를 손가락으로 들춰 올렸다.

"……앗!"

갑작스러운 일에 비명을 지를 여유도 없이 줄리에타는 숨을 삼킨 채로 눈을 휘둥그레 떴다.

"거짓말 같아……."

경악하는 그녀의 모습에 놀란 것인지 로렌스도 경악한 모습이었다.

"이것은…… 상당히 예상 밖이군."

방심한 표정으로 중얼거리는 목소리에, 겨우 줄리에타는 조금 평정심을 되찾고 로렌스에게서 벗어나려고 했다.

"노, 놓아주세요!"

울 것처럼 다갈색의 눈동자를 글썽거리면서 외치자 기세 좋게 문이 열렸다. 그녀의 비명 소리를 듣고 서둘러 스테판이 돌아온 것이다.

"줄리에타에게는 다가가지 말라고 해둔 것을 잊어버린 건가?"

아까 오해를 받았을 때와 마찬가지로 무서운 모습으로 로렌스에게 고함을 친 스테판은 줄리에타의 팔을 당겨 등 뒤로 감쌌다.

"얘기 좀 했을 뿐이야."

로렌스가 어이없다는 듯이 대답했지만, 스테판은 일갈

했다.

“여자라면 한 명도 남김없이 유혹하고 있는 주제에 믿을 수 있겠어? 줄리에타. 너는 방으로 돌아가 있어.”

줄리에타가 깊숙이 머리를 숙이고 퇴실하려고 하자, 로렌스는 긴 의자에 앉아 식은 홍차를 한 모금 마셨다.

“이제야 스테판이 그 아이를 끼고 도는 이유를 알았어.”

그리고 만족한 듯한 미소를 보였다.

“무슨 말을 하는 거야. 줄리에타는 내 여동생 같은 사람이야.”

스테판의 대답에 줄리에타는 창백해져 버렸다.

‘여동생’. 그에게 어떤 식으로 보이고 있는지 스스로도 알고 있다. 하지만 이런 식으로 딱 잘라 말하는 것을 들은 적은 처음이었다.

“전에는 딸 같다고 하지 않았었나?”

다시 타격을 주는 듯이 로렌스가 중얼거렸다. 줄리에타는 너무 슬퍼서 졸도해 버릴 것 같았다. 퇴실하기 위해 걸어간 것이 기적에 가까울 정도였다.

“어느 쪽이라도 좋아. 그녀는 너 같은 남자의 독이빨에 걸리게 하지 않겠다고 말하는 거야.”

마치 딸을 지키는 듯한 스테판의 말투에 타격을 입은 채, 줄리에타는 방을 떠났다.

소리를 내지 않도록 살며시 응접실의 문을 닫으면서, 줄리에타는 초콜릿이 든 작은 상자를 든 손이 떨리는 것을 멈출 수 없었다.

*　*　*

스테판에게 줄리에타는 누구에게도 더럽혀져서는 안 되는 성역이었다.

스테판이 그녀가 아버지에게 무참하게 상처를 입은 탓에 길게 기른 앞머리를 자르라는 말을 하지 않는 것은, 그녀의 마음을 지키기 위해서 뿐만은 아니다. 줄리에타에게 아무도 접근하지 않게 하기 위한 이유도 있다.

얼핏 보면 이상한 모습이다. 그러나 그녀의 마음을 느끼고 있으면 그 상냥함에 점차 이끌리기 시작하고 만다.

그래서 더욱 줄리에타를 연모하는 하인이 끊이지 않고 생기는 것이다.

"줄리에타에게 다가가는 하인이 있다면 모두 나에게 보고해."

계단 아래의 세계는 주인인 스테판이 모두 파악할 수 있는 것이 아니었다. 그래서 집사장인 맥스웰에게 그렇게 명령을 내리고 하나하나 상황을 보고받고 있었다.

그러나.

"정말로 옛날부터 스테판은 이 아이에게 무르네. 어째서 그렇게나 같이 있으려고 하는지 흥미가 있어. ……너, 잠깐 이쪽으로 와."

지긋지긋한 악연으로 교제가 이어지고 있는 로렌스가 그렇게 말하고 줄리에타의 허리를 안았다.

그 순간에 스테판이 가슴에 품은 것은 틀림없는 살의였다.

"그만해!"

소중한 줄리에타를 두렵게 만들었다는 의식조차 하지 않고 충동적으로 소리를 질러 버리고 말았다.

줄리에타는 누구에게도 더럽혀지지 않도록 품속에서 소중하게 키워온 스테판의 천사다.

여자와 놀아나는 로렌스 따위에게 결코 만지게 할 수는 없다.

이 품속에 안고 아무에게도 닿지 않는 곳에 숨기지 않으면.

스테판은 머릿속이 들끓어오를 정도의 분노를 억누르고 그렇게 결의하고 있었다.

제2장
궁지에 몰린 쥐가 고양이를 문다

줄리에타는 응접실에서 나온 후, 아무도 없는 스테판의 침실에서 청소와 정리정돈을 시작했다.

천을 갈고 침대 정리를 하고 있자 오늘 아침의 일이 떠올랐다.

스테판의 따뜻한 팔에 안긴 채 그가 속삭이는 달콤한 말을 들었던 일이다.

"잊어야지. ……스테판님은 잠꼬대를 하셨을 뿐이니까."

본인의 눈앞에서는 '주인님' 이라고 부르고 있지만, 그 외에는 줄리에타는 그를 이름으로 부르고 있었다. 평생 직접 부를 일은 없을 이름을 중얼거리는 것만으로 달콤한 짜릿함이 느껴졌다.

금기라는 것은 어째서 이렇게까지 달콤하게 가슴을 떨리게 만드는 것일까? 줄리에타는 살며시 한숨을 쉬었다.

실제로 잠버릇이 나쁜 스테판에게 안긴 것은 매일 있던 일이었다.

언제나 깨우러 오는 줄리에타를, 잠에 취한 스테판은 애인인 누군가로 착각해 버리는 것 같았다. 생각하고 싶지는 않았지만, 그것은 스테판이 모르는 장소에서 여자를 팔에 안고 있다는 증거이기도 했다.

메이드의 신분으로 참견할 수 있는 일은 아니다. 그걸 알고 있어도 눈물이 흘러나올 듯한 것을 멈출 수 없었다.

어떻게든 어둡게 가라앉은 마음을 진정시키고 청소를 끝냈다. 그리고 다음으로 주방으로 가서 설거지를 도왔다.

그녀가 해야 할 일은 산더미처럼 있었다.

스테판은 그녀가 자신의 시중만을 들고 있다고 생각하고 있는 듯하지만, 실제로는 그렇지 않았다. 줄리에타는 일어나 있는 시간의 대부분을 열심히 일로 보내며 스테판을 위해 애쓰고 있었다.

그렇게 바쁘게 지내고 있는 동안에 시간이 지나, 저녁 식사의 정리를 마치고 방으로 돌아오자 저택을 방문해 있던 로렌스가 귀가한다는 연락이 들어왔다.

손님을 배웅하는 것은 고용인의 본분이다.

현관에 정렬하기 위해 방을 나서려고 했을 때 그녀의 방문 앞에 웬일인지 배웅해야 할 로렌스가 서 있었다. 줄리에타는 순간 무슨 일이 일어났는지 알지 못해서 눈을 크게 떴다.

"할 얘기가 있어. 들어가도 될까?"

그는 웃는 얼굴로 질문을 해왔지만, 남성을 방에 들이는 일은 주저되었다. 줄리에타가 불안한 듯이 문에 몸을 숨기고 고개를 숙이고 있자 로렌스가 킥 웃어 보였다.

"딱히 복도에서 얘기해도 상관없지만, 통화가 끝나면 스테판이 밖으로 나올 거야. 얘기가 들리면 곤란한 것은 너라고 생각하는데."

아무래도 로렌스는 줄리에타에게 무례한 얘기를 꺼낼 셈인 것 같았다.

"저는 할 얘기 같은 거 없습니다."

딱 잘라 내뱉고 문을 닫으려고 했지만, 로렌스는 방 안으로 들어와 버렸다.

"지금 당장 이 방에서 나가주세요."

고함을 지르면 옆방에 있는 스테판이 눈치챌 것이 틀림없었다. 도움을 요청하려고 했지만, 로렌스의 손이 뻗어 와서 그녀의 입술에 검지를 대었다.

"스테판에게 들리면 네가 곤란해질 얘기라고 했는데."

어쩔 수 없이 줄리에타는 소란피우는 것을 그만두고 로

렌스와 대치했다.

"어떤 얘기십니까?"

줄리에타에게는 누군가에게 들려서 곤란할 일 따위 없을 터였다. 단 한 가지를 빼고는.

"너는 스테판을 사랑하고 있지?"

갑자기 단 하나의 약점이 찔리자 줄리에타는 몸을 덜컥 경직시켰다.

"무, 무슨 말씀이십니까?"

부정하려고 했지만, 목소리가 떨리는 것을 막을 수 없었다.

"숨기지 않아도 돼. 내가 남녀 관계에 대해 착각하는 일은 없으니까."

계속 아무도 눈치채지 못하도록 그저 숨겨 왔던 마음이었다.

스테판이 알게 되면 그의 신뢰를 전부 잃어버릴 것이 틀림없었다.

"로렌스님과는 상관없는 이야기입니다."

얼굴을 피하면서 대답하자 그는 어깨를 들썩여 보였다.

"차갑네. 나는 너에게 관심이 있어서 말을 걸었는데."

줄리에타는 스테판 외의 누구에게도 관심 따위 가지게 하고 싶지 않았다. 게다가 이런 흉측하고 성가신 여자에게 대체 무슨 용무가 있다는 것일까?

“저는 평생 이 마음을 입 밖으로 꺼내지 않고 주인님을 모실 생각입니다. 내버려 두세요.”

필사적으로 호소했지만, 로렌스는 즐겁다는 표정으로 물어왔다.

“네 마음을 알면 스테판은 지금처럼 너를 옆에 놓아둘까?”

그 말에 줄리에타는 핏기가 삭 가시고 말았다.

“저를 협박하셔도 저는 아무것도 가지고 있지 않습니다.”

아무리 파격적인 급료를 받고 있다고는 하나, 어차피 고용인인 입장이다. 백작인 로렌스에게 협박을 받아 돈을 낸다고 하더라도 그를 만족시킬 수 있는 금액 따위 낼 수 없다.

“협박하고 있는 게 아니야. ……그냥 너에게 흥미가 생겼을 뿐이야.”

지금의 상황을 협박하고 있다고 하지 않으면 뭐라고 할 수 있을까?

“무엇을 원하십니까?”

수상하다는 시선을 향하며 묻자 그는 만면의 미소를 띠워 보였다.

“얘기가 빨라서 좋군. 스테판에게는 네 마음을 말하지 않을 테니까, 나를 따라줄래?”

로렌스의 요구에, 어쩔 수 없이 줄리에타는 대답했다.

"……어디로 따라가면 되겠습니까……?"

매일 쉬는 날도 없이 저택에서 일하고 있는 줄리에타는 밖의 세계를 거의 몰랐다.

스테판을 따라 몇 년에 한 번은 별장지에 동행하는 일은 있었지만, 나머지는 마을 안에서 일용품을 사는 정도밖에 나간 적이 없다.

"이거 만만치 않네."

로렌스가 웬일인지 쓴웃음을 짓자 줄리에타는 영문을 몰라 고개를 갸웃거렸다.

"그렇지. 사흘 후에 왕궁에서 무도회가 열리니까, 거기에 너를 데리고 갈까?"

로렌스의 제안에 줄리에타는 망연해져 버렸다.

"그런 곳에 저를 데리고 가도 창피를 당하실 뿐입니다."

이 저택을 방문하는 손님들조차 줄리에타를 싫어하고 있는데, 이 나라의 중추인 왕궁에 가다니, 우스갯소리도 안 된다.

"드레스라면 내가 준비할게."

아무리 꾸미고 가더라도 어차피 고용인인 신분이다. 옆에서 보기에 무척 우습게 보일 것이다.

"저에게는 일이 있습니다……. 그리고 주인님이 뭐라 하실지 모릅니다."

어렸을 때부터 줄리에타를 돌봐주고 있는 스테판마저 창피를 당하게 할 수는 없었다.

로렌스가 다시 생각하도록 말했지만 그는 물러나지는 않았다.

"스테판도 그 무도회에는 참가해. 그에게 들키지 않도록 섞여 들어와서 빨리 돌아가면 눈치채지 못할 거야."

스테판도 있다고 들은 이상 더욱 그런 곳에 갈 수는 없다.

"하지만 그쪽에서 주인님과 만날지도 모르고……."

로렌스와 스테판은 사이가 좋은 친구다. 얼굴을 보면 얘기하러 다가올 게 분명했다.

"그가 눈치채지 못할 정도로 너를 예쁘게 꾸며줄게."

아무리 꾸며도 소용없다. 그렇게 대꾸를 하고 싶었지만, 로렌스는 일방적으로 그렇게 약속을 정했다.

"그럼, 삼 일 후 스테판이 이 저택을 출발할 때를 봐서 데리러 올 테니까."

* * *

다음 날.

줄리에타는 그녀의 상사, 집사장인 맥스웰 웨일즈에게 반차를 신청했다.

맥스웰은 십 년 전에 스테판이 줄리에타를 들이기 전부터 옆에서 시중을 들고 있던 남자다.

그 무렵에는 단순한 집사 중 하나였지만, 지금은 은퇴한 그의 아버지의 뒤를 이어 하웨이가의 모든 것을 통괄하게 되었다.

"이틀 후의 밤입니까? 당신이 휴가를 얻다니, 처음인가요? 무슨 일이 있습니까?"

맥스웰은 무표정인 채로 물었다. 언제나 그는 검은 머리카락을 말끔하게 묶고 차가운 느낌이 드는 잿빛 눈동자로 주변에 빛을 발하고 있다.

바쁜 스테판 대신에 저택을 통괄하고 고용인들을 통솔하고 있는 사람은 그다. 나이는 아직 서른두 살이지만, 차분한 분위기 탓인지 그것보다 훨씬 연상으로 보였다.

통솔을 하려면 위엄이 필요하기 때문에 몇 살로 보여도 상관없다는 것이 그의 지론이다.

탐색하는 듯한 시선이 향하자 줄리에타는 대답하기 곤란해져 버렸다.

"아니요. 약속을 좀 해버려서요."

맥스웰은 필요하다면 고용인들의 행동의 모든 것을 스테판에게 보고한다. 그러나 이번 일을 스테판에게 알리도록 할 수는 없었다.

말을 얼버무리는 그녀를 내려다보면서 맥스웰은 단호한

말투로 말했다.

"로렌스님이로군요."

그리고 질렸다는 듯이 한숨을 내쉬었다.

"그분은 여성을 조금 경시하는 부분이 있습니다. 당신 같은 연애 경험이 없는 아가씨에게는 벅찹니다. 교제는 그만두세요."

맥스웰이 줄리에타를 걱정해서 충고해 주고 있는 것은 알고 있었다. 그러나 약속을 어긴다면 그녀의 마음이 스테판에게 전해지고 말 것이다.

로렌스의 말에 따르는 수밖에 없다.

"그런 게 아닙니다. 볼일이 있어서."

어색하다는 듯이 눈을 이리저리 굴리고 있자 맥스웰이 얼굴을 찌푸렸다.

"결정하는 사람은 당신이니까 굳이 끼어들지는 않겠습니다만, 이 일을 주인님이 알고 계십니까?"

여성과의 교제가 많은 로렌스가 줄리에타에게 다가가는 것을 스테판이 기피하고 있다는 것은 알고 있었다. 그런데 그와 함께 외출한다는 것이 알려지면 분명 스테판은 기분 나빠할 것이다. 그러기는커녕 줄리에타를 경멸할 가능성조차 있었다.

"아니요. 용무가 끝나는 대로 바로 저택으로 돌아올 거예요. 부탁드립니다. 주인님에게는 말하지 말아주시겠습니까?”

원래라면 줄리에타는 스테판이 싫어할 만한 일을 결코 하지 않았다.

그러나 약점이 쥐어져 버린 몸이다. 딴 곳에는 마음을 쓸 수 없다.

“괜찮습니다만……. 정말로 괜찮은거죠?”

왜 그렇게 몇 번이나 확인을 하는지 줄리에타는 알 수 없어서 당황하고 말았다.

“네…….”

그렇게 대답하면서도 로렌스의 변덕에 따라서 무도회에 가는 것을 주저하지 않을 수 없었다.

*　　*　　*

그러고 있는 사이에 무도회 당일의 밤이 되었다.

왕궁으로 향하는 스테판을 배웅하기 위해 현관홀에 서 있자 걱정스러운 듯이 그가 말을 걸어왔다.

“오늘은 안색이 나쁜 것 같네. 무슨 일 있어? 줄리에타.”

줄리에타는 일을 하면서도 오늘 약속이 계속 마음에 걸리고 있었다. 언제나 옆에 있는 스테판은 그런 그녀의 모습이 이상하다는 것을 깨달아 버린 것 같았다.

“아니요, 아무 일도 없습니다. 다녀오세요, 주인님.”

평정심을 가장하면서 얼버무리고 줄리에타가 깊숙이 머리를 숙였지만, 스테판은 저택 안으로 돌아가려고 했다.

"네 몸이 안 좋은 건 아닌지 걱정돼. 오늘은 그만두기로 하지."

그 말에 줄리에타는 동요해 버렸다.

"정말로 괜찮습니다."

곧 로렌스가 데리러 올 시간이다. 스테판과 우연히 마주치게 되면 분명 큰일이 될 것이라는 게 눈에 선명했다.

"그러나……."

줄리에타를 어렸을 때부터 돌봐주고 있는 스테판은 지나치게 과보호하는 점이 있다.

그 탓에 스테판은 상당히 걱정해 주고 있는 것 같았다.

"정말로 괜찮습니다. 신경 쓰지 마세요. 게다가 오늘은 왕궁에서의 무도회입니다. 참가하지 않으시면 왕족의 체면을 손상시키고 말 것입니다."

긴 앞머리로 눈동자를 가리고 있는 탓에 표정은 별로 전해지지 않았지만, 억지로 입가를 올려서 미소를 지어 보이자 그제야 스테판은 납득해 준 것 같았다.

"……확실히 그 말대로이지만. ……알았어. 오늘은 빨리 돌아올 테니까 줄리에타는 일을 서둘러 끝내도록 해."

스테판이 일찍 돌아온다는 것은 줄리에타는 더 빨리 돌아와야 한다는 것이다. 그런 위험을 무릅쓸 수는 없다.

"아니요. 저는 신경 쓰시지 말고 천천히 즐기다 오세요……."

동요하면서 그렇게 진언했지만 스테판은 들어주려고 하지 않았다.

"바보 같은 말 하지 마. 그러면 다녀올게."

그렇게 말하고 그는 줄리에타의 머리를 쓰다듬은 후, 마차에 올라타 출발했다.

일찍이 아버지를 여읜 스테판은 줄리에타를 가족처럼 생각해 주고 있는 것이다. 그 상냥함이 기쁘기도 하고 슬프기도 했다.

"다녀오세요."

깊숙이 머리를 숙이며 스테판을 배웅하고 머지않아 다른 마차가 저택 안으로 들어왔다.

방금 얘기에 열중해 버린 탓에 출발 시간이 늦어졌던 것이다.

자칫 잘못했다간 스테판과 로렌스가 마주칠 뻔했다고 생각하니, 식은땀이 흘렀다.

"기다렸지."

그렇게 말하면서 마차를 내려서 온 로렌스는 큰 옷상자를 손에 들고 있었다.

"특별히 드레스를 짓게 했어. 시간에 맞을까 하고 걱정했지만, 완성돼서 다행이야."

드레스는 그가 준비해 준다고 했었지만, 설마 특별 주문까지 할 거라고는 생각지도 않았던 줄리에타는 놀라고 말았다.

"어서 준비하자. 스테판이 돌아오기 전에 먼저 돌아와야 하니까."

줄리에타는 자신의 방으로 돌아가서 로렌스를 복도에서 기다리게 하고 드레스로 갈아입었다.

코르셋은 이미 입은 상태로, 바로 옷을 갈아입을 수 있도록 준비하고 있었던 것이다.

로렌스가 준비한 드레스는 연보라색의 호화로운 것이었다. 크게 파인 가슴 부근은 불안했지만, 푹신한 퍼프 슬리브에 플레어 소매가 달린 매우 귀여운 옷이었다.

허리 주변에는 붉은 장미의 코사쥬와 리본이 달려 있었고 프릴도 많았다. 이렇게 예쁜 드레스가 자신에게 어울릴 리가 없다고 생각한 줄리에타는 망설였다.

그건 그렇고 줄리에타는 치수를 잰 적이 없었다. 이렇게까지 몸에 딱 맞는다는 것은 로렌스가 여성의 사이즈를 눈대중으로 판별할 수 있다는 뜻이다.

"……드레스를 자주 선물하셨구나."

기막힘과 전율을 동시에 느끼면서 옷을 다 갈아입은 그녀는 로렌스를 방으로 불러들였다.

그러자 예상대로 어울리지 않았던 것인지 그가 작게 신

음을 흘리며 한쪽 눈썹을 올렸다.

"머리를 올려서 묶어도 괜찮으려나?"

길게 자란 앞머리에 그가 손을 대자 줄리에타는 숨을 삼켰다.

"저, 저는……. 머리를 올리는 것은……."

그녀는 아버지가 자신을 미워한다는 것을 알고 난 후부터 자신의 얼굴이 너무 싫었다. 거울을 볼 때마다, 그 폭풍이 치던 밤에 아버지가 말했던 욕설을 떠올라 착란을 일으킬 것처럼 되곤 했다.

그 탓인지 깜빡하고 거울이나 창문으로 자신의 얼굴을 봐버리거나, 아버지와 만나지 않겠냐는 얘기가 나오거나 하면 과호흡에 빠지는 것이었다.

무도회장은 방을 더 넓게 보이게 하기 위해, 거울이 장식되어 있는 경우가 많다고 들었다.

그런 곳에 머리를 올리고 가는 것은 주저되었다.

"그대로라면 바로 스테판에게 들킬지도 모르는데 괜찮겠어?"

하지만 로렌스에게 협박당하자 승낙할 수밖에 없다.

"……읏."

어쩔 수 없이 줄리에타는 앞머리를 올려서 핀으로 고정했다. 그러자 로렌스는 만족스러운 듯 고개를 끄덕이고 익숙한 손놀림으로 그녀에게 화장을 해주었다. 그리고 마지막으로 블루 에메랄드와 골드로 장식된 무거운 목걸이를 채워주었다.

"훌륭해. 마치 봄의 여신 같아. 이거라면 무도회에서 온 남자들 모두가 너에게 춤을 신청할 거야."

감탄의 시선을 받았지만, 줄리에타는 머리를 올린 정도로 아름다워질 수 있다고는 생각하지 않았다.

로렌스가 잘하는 여성에 대한 찬사일 것이다.

……부탁이니까, 웃을 수 없는 농담은 그만해 주었으면.

줄리에타는 어두운 표정으로 고개를 숙였다. 그러자 로렌스가 손을 내밀어 왔다.

"자. 갈까? 너의 파트너는 나야. 아무리 춤 신청이 들어와도 그것을 잊지 말았으면 해."

그러나 줄리에타는 그 손을 잡지 않고, 작게 고개를 옆으로 젓고는 걷기 시작했다.

"가차 없군."

그는 어쩔 수 없다는 듯이 쓴웃음을 짓고 줄리에타와 함께 저택 밖으로 향해갔다.

"왕궁은 매우 아름다운 곳이야. 기대해도 좋아."

마차로 향하는 동안에 고용인들이 수상쩍다는 듯이 살펴보았다.

로렌스는 알고 있어도 옆에 선 줄리에타가 누구인지 전혀 모르고 있는 모습이었다.

단 한 명, 집사장인 맥스웰만이 비장한 얼굴로 이쪽을 바라보고 있었다.

그리고 마차에 올라타는 그녀에게 다가가 귓속말을 했다.

"모두에게 입막음을 하고 주인님에게는 비밀로 해둘 테니까, 날이 바뀌기 전에는 반드시 돌아오세요. 알겠습니까?"

무도회는 밤 여덟시에 시작되어 새벽 가까이까지 열리는 것이 보통이었지만, 지금은 벌써 아홉시 정도였다. 별로 시간의 여유는 없었지만, 지금의 줄리에타에게는 매우 감사한 당부의 말이었다.

"네……."

그렇게 줄리에타는 로렌스와 함께 아르도 미르스국의 왕궁으로 향해 갔다.

*　　*　　*

처음 발을 들인 왕궁의 모습에 줄리에타는 눈을 휘둥그레 뜰 뿐이었다.

높고 튼튼한 벽돌 성벽. 그 문을 지나도 왕궁의 모습은 보이지 않았다.

정비된 가로수를 지나고 몇 개나 되는 문을 지났다. 그리

고 녹색의 양탄자가 깔린 정원의 광경이 창문 밖에 펼쳐졌을 때, 겨우 그 모습을 발견했다.

"굉장해……."

날개가 달린 전쟁의 여신이 말을 탄 용감한 모습과 신들이 풍작에 미소를 짓는 모습의 조각상이 늘어선 뜰의 중심에는 하얀 군상이 있는 분수가 있었다.

눈부실 정도로 하얀 비탈길을 마차로 올라가자 거기에는 랜턴에 비쳐진 다양한 검은 마차가 늘어서 있다. 그곳에서는 가지각색의 드레스로 꾸민 귀부인과 제복으로 몸을 감싼 신사들이 내리고 있다.

"잘 오셨습니다."

마차 밖에는 군청색의 상의에 금몰로 장식된 의복을 입은 시종이 공손하게 머리를 숙이며 맞이했다.

"로렌스님. 마중은 몇 시쯤에 하면 좋겠습니까?"

마차를 몰고 있던 랑그리지가의 마부가 물어오는 것이 들려서, 줄리에타가 말했다.

"전 날짜가 바뀌기 전에 돌아가야만 합니다……."

그 말에 마부는 놀란 모습이었다. 이제 시간은 열 시 정도였다.

단 한 시간 정도 만에 왕궁에서 열리는 무도회를 퇴장하려고 하는 귀족은 없었기 때문이다.

"그래? ……그러면 열한 시 정도에 데리러 와."

그러나 로렌스는 싫어하지도 않고 그렇게 말하며, 줄리에타에게 팔을 내밀었다.

"그럼 갈까요? 아름다운 아가씨."

로렌스는 에스코트에 익숙한 모습이다. 그러나 줄리에타는 남의 팔을 붙잡는 것은 처음이어서 당황하고 말았다.

"그렇게 굳어지지 않아도 돼. 괜찮으니까."

그의 웃는 얼굴이 조금 격려가 되어서 줄리에타는 무도회가 열리는 큰 연회장으로 향했다.

*　　*　　*

현관과 계단의 호화로움에 압도된 줄리에타였지만, 연회장은 더욱 압권이어서 눈이 빙글빙글 돌 뻔했다.

새하얀 벽에는 금색의 담쟁이덩굴이 장식되어 있고 큰 프레스코(회반죽 벽에 그려지는 벽화 기법) 그림이 그려져 있다.

진홍빛 비단이 깔린, 등받이가 있는 긴 의자와 테이블 세트의 다리는 잎새 모양의 조각이 새겨진 금색이었다.

큰 테이블에는 셀 수 없을 정도의 요리가 늘어져 있고, 바빠 보이는 시종들이 시중을 들고 있었다.

"신기해? 스테판의 저택에서도 무도회는 열고 있잖아."

확실히 공작의 신분인 스테판의 저택에서도 이런 모임은

빈번하게 행해지고 있지만, 이 정도까지의 규모는 아니었다.

게다가 줄리에타는 사람 앞에 나서는 일을 피하고 있었기 때문에 가능한 한 뒤쪽에서 일하고 있었다.

회장 안에 몸을 두는 것은 처음이었다.

그리고 로렌스가 줄리에타를 데리고 연회장의 중앙으로 나아가자 실내의 사람들이 점차 이쪽을 주목해 왔다. 사교계에서 이름을 떨치는 로렌스이니만큼, 당연한 일인지도 모른다.

찌를 듯한 시선을 느끼고 그쪽으로 얼굴을 돌리자 화가 치민 표정으로 줄리에타를 노려보는 여자의 모습을 발견했다.

"전…… 역시……."

아름답지도 않은 자신이 로렌스의 옆에 있는 것을 여자들은 용서할 수 없는 것이 분명했다.

당황한 줄리에타가 회장 밖으로 나가려고 했지만, 로렌스에게 팔이 잡혀서 나갈 수 없게 되었다.

"아직 약속 시간이 지나지 않았어. 파트너인 나를 내버려 두고 가는 것은 매너가 아니지."

로렌스가 웃는 얼굴로 타일러서 줄리에타는 어쩔 수 없이 그를 따라갔다.

걱정하고 있던 거울은 이 연회장에는 존재하지 않았다.

창문에 다가가지만 않으면 한 시간 정도는 어떻게든 보낼 수 있을 것 같다고 생각했다. 하지만 사람이 많아서 숨이 찰 것 같았다.

줄리에타가 열심히 버티고 있자 처음 보는 신사들이 로렌스의 옆에 선 그녀에게 말을 걸어왔다.

"아가씨, 저와 함께 춤을 추시겠습니까?"

"어……."

설마 자신에게 춤 신청이 들어올 줄은 생각지도 못했던 줄리에타는 눈을 크게 떴다.

"미안해. 이 아이는 나의 특별한 상대야. 양보할 수 없어."

로렌스는 그렇게 말하며 신사들의 신청을 거절했다.

"이런 예쁜 사람을 어디에 숨기고 있었던 건가. 로렌스 백작."

어깨를 들썩인 한 신사가 로렌스에게 물었다.

"진짜 사랑은 상대를 손에 넣을 때까지 아무도 모르는 장소에 숨겨두는 법이지."

그 대답에 주변에 있던 사람들이 일제히 놀란 표정을 지었다.

"설마 당신이 진심이 되다니……."

로렌스가 친구 저택의 하녀에 불과한 줄리에타를 사랑 따위 할 리가 없다.

단순한 농담이 분명한데, 왠지 신사들은 의심하는 기색도 없이 로렌스와 줄리에타를 놀리고 있었다.

"결혼식은 언제야? 물론 나도 초대해 주는 거지?"

"물론이야."

우스갯소리도 되지 않는 대화에 줄리에타가 곤란해하면서 눈을 이리저리 굴리고 있자 여자들의 집단이 한 남자를 둘러싸고 있는 광경이 보였다.

중심에 서서 이목을 끌고 있는 키가 큰 청년은 스테판이었다.

붙임성 있는 미소를 띠고 즐겁다는 듯이 대화를 하고 있는 모습에, 줄리에타는 가슴이 찢겨지는 것 같은 충격을 받았다.

로렌스와 스테판이 사교계에서 '아르도 미르스국의 장미의 쌍벽' 이라고 불리고 있다는 것은 들었지만, 설마 이같이 경쾌한 화술로 주변 사람들을 매료하고 있다고는 생각지도 못했던 일이다.

"……."

다갈색의 눈동자를 내리깔고 줄리에타가 슬픔을 참고 있을 때, 스테판이 이쪽으로 걸어오는 모습을 발견했다.

"아…… 앗."

줄리에타는 무심코 로렌스의 등에 숨었다. 그러나 스테판은 로렌스에게 말을 걸어왔다.

"늦었군. 네 등에 숨어 있는 여성을 데리러 갔었어?"

"응, 그래."

로렌스의 등에 숨은 줄리에타는 심장이 터질 것처럼 빠르게 움직이고, 새빨개져 버렸다.

"소개해 주지 않을 건가?"

스테판의 말에 그녀는 갑자기 발길을 돌려 달려나가 버렸다.

먼 곳에 있어서 그녀를 눈치채지 못한 것 같았지만, 얼굴을 마주하면 분명 눈치챌 것이다.

고용인의 신분으로 왕궁의 무도회에 발을 들이고 있는 것이 알려지면, 분명 그는 화낼지도 모른다.

"너! ……기다려."

스테판은 달려가는 줄리에타를 뒤쫓아 왔다.

"죄송합니다. 지나가게 해주세요…… 앗."

인파에 방해를 받아서 스테판에게 팔이 잡힐 뻔한 것을 직전에 피하고, 열린 창문을 통해 테라스로 나갔다. 그리고 줄리에타는 수풀 속에 몸을 숨기려고 했다.

그러나.

"잡았다."

안뜰에 들어가기 전에 팔이 잡히고 말았다. 그녀를 막은 사람은 스테판이었다.

"너, 어째서 내 얼굴을 보자마자 도망친 거야."

부들부들 떨면서 줄리에타는 고개를 숙여 버렸다.

스테판은 눈앞의 여성이 줄리에타인 것을 눈치채서 쫓아 나온 게 아닌 것 같았다.

스테판이 이름을 물었지만, 줄리에타는 대답할 수 없었다. 계속 얼굴을 피하고 있자 갑자기 턱이 잡혔다.

"……앗!"

얼굴이 들어 올려지자 스테판의 투명한 바다처럼 푸른 눈동자가 줄리에타를 바라보고 있었다. 그는 경악한 모습으로 망연해 있었다.

들키고 말았다.

붉은 입술을 떨면서 말을 잃고 있자 그는 깊은 한숨을 쉬었다.

"너무나 아름답군……."

들려오는 찬사의 말에 줄리에타는 눈을 휘둥그레 뜨고 말았다.

아무래도 스테판은 그녀라고 눈치채기는커녕, 진심으로 그렇게 생각하고 있는 것 같았다.

그의 황홀한 표정은 태어나서 처음 보는 것이었다.

언제나 이런 식으로 줄리에타가 없는 곳에서 여성을 유혹하고 있는 것일까?

그렇게 생각하자 눈물이 흐를 뻔했다.

"……어째서 내 얼굴을 보자마자 도망친 거지?"

줄리에타가 침묵한 채로 다갈색의 눈동자를 글썽거리고 있자 스테판이 갑자기 또 물었다.

그는 역시 그녀를 줄리에타라고 생각하고 있지 않은 것 같았다. 그러나 목소리를 내면 눈치챌지도 몰랐다. 대답할 수 없는 줄리에타는 입술을 굳게 다물었다.

"말하고 싶지 않은 건가."

낙담이라고도, 분노라고도 할 수 있는 듯한 가라앉은 목소리로 스테판이 중얼거렸다.

말하고 싶은 게 아니다. 말할 수 없는 것이다.

깊은 슬픔을 느끼며 줄리에타가 고개를 숙였을 때.

"여기에 있었나?"

연회장으로 연결되는 창문에서 로렌스가 모습을 드러냈다.

"내 애인에게 무슨 볼일이지? 스테판."

놀리는 듯한 목소리로 그렇게 말하는 로렌스를, 줄리에타는 경악한 시선으로 바라보았다.

다른 남자에게 농담을 하는 것은 상관없었지만, 스테판에게 거짓말을 하는 것은 그만두길 바랐다.

설령 자신이 줄리에타인 것을 스테판이 눈치채지 못하고 있더라도.

"뭐라고……."

로렌스의 말에 스테판은 얼굴을 찌푸렸다.

"미안해. 나는 진짜 사랑을 발견했어. 사랑을 찾기 위해 여기저기 떠돌아다니는 일은 이제 끝낼 거야. 그러니까 이 아이를 스테판에게도 양보할 생각은 없어."

그렇게 말하고 줄리에타의 허리에 팔을 두른 로렌스는 연회장으로 그녀를 데리고 갔다.

"이제 돌아가지 않으면 안 되겠네. ……그녀의 집안사람과의 약속 시간이야."

집안사람…… 이란, 집사장인 맥스웰이다. 그러나 그런 식으로 말하면 마치 규방의 규슈처럼 생각할 것이 분명했다.

그러나 지금은 그를 비난할 수 없다. 스테판이 사실을 알기 전에 한시라도 빨리 이 자리를 떠나야만 하니까.

"기다려. 그 아이와 조금 얘기를 하게 해주지 않겠어?"

따라와 매달리려고 하는 스테판을 돌아보고 로렌스는 비아냥거리는 듯한 웃음을 향했다.

"그럴 수는 없어. 이번에는 봐주겠지만, 두 번 다시 그녀를 따라다니지 마."

줄리에타가 살짝 스테판을 엿보자, 그는 분한 듯한 표정으로 로렌스를 노려보고 있었다.

* * *

바엔디 공작, 즉 스테판 하웨이는 짜증을 참고 주변을 둘러싸는 아가씨들에게 붙임성 있는 미소를 짓고 있었다.

그녀들의 몸에서 풍기는 향수, 숨이 콱콱 막힐 정도의 강한 향기가 코를 찔러서 얼굴을 찌푸릴 뻔했다. 남자를 유혹하기 위해 뿌렸을지도 모르지만, 이렇게까지 향수를 뿌리지 않으면 안 되는 체취라고 넌지시 가리키고 있는 것이나 다름없다.

두껍게 칠한 화장에 드레스에 꽉 들어찬 육감적인 몸, 애정을 기울일 마음은 들지 않지만 스테판도 남자다. 불장난으로 그녀들을 안은 적도 있었지만, 지금은 그럴 마음이 들지 않았다.

저택에서는 그에게 더럽혀지지 않은 천사인 줄리에타가 아픈 것이다.

작게 탄식할 때였다.

귀족의 남자들이 떠들고 있는 광경이 보였다. 어딘가의 아름다운 아가씨가 사교계 데뷔라도 한 것일까?

그런 것을 생각하고 있자 그 중심에서 악우인 로렌스와 울 것처럼 젖은 다갈색의 눈동자의 여성을 발견했다.

그 순간.

천둥이라도 맞은 것 같은 충격이 느껴졌다.

"……읏."

스테판은 충동적으로 그 여성의 곁으로 향하고 있었다.

"늦었군. 네 등에 숨어 있는 여성을 데리러 간 거야?"

그렇게 로렌스에게 비아냥거리며 말을 걸었다.

"응, 그래."

그러나 스테판이 몹시 불쾌한 기분으로 로렌스에게 소개를 부탁하자 그녀는 눈을 크게 뜨고 도망치듯이 스테판에게서 도망갔다.

놓치지 않아.

멀리서 보면 여성을 억지로 뒤쫓아 가는 불한당으로 보였을지도 모른다. 그러나 스테판에게는 그것을 신경 쓸 여유 따위는 없었다.

그녀를 놓칠 수는 없었으니까.

안뜰의 수풀에 숨으려고 하는 그녀의 팔을 잡고 겨우 그 몸을 잡았다.

"너, 어째서 내 얼굴을 보자마자 도망친 거야?"

물어보았지만 대답은 없었다.

억지로 턱을 잡고 얼굴을 들게 했을 때.

스테판은 그 아름다움에 숨을 삼켰다.

눈물을 글썽거리는 큰 다갈색의 눈동자. 예쁜 코, 그리고 도톰한 분홍색의 입술.

얼굴이 작고 몸도 가냘파서 당장에라도 품속에서 무너져 버릴 것처럼 덧없었다.

"너무나 아름답군……."

스테판은 가냘픈 몸을 안고 떨리는 입술을 막아버리고 싶은 충동을 꾹 눌러 참았다.

"……어째서 내 얼굴을 보자마자 도망친 거야?"

그러나 그녀는 아무 대답도 하지 않았다.

"말하고 싶지 않은 건가?"

무심코 그렇게 말했을 때 로렌스가 뒤를 쫓아 모습을 드러냈다.

"내 애인에게 무슨 볼일이지? 스테판."

그가 말한 그 말에 숨이 멈출 것 같았다.

그것은 스테판이 태어나서 처음 느낀 격렬한 질투였다.

제3장
공작은 첫사랑에 고민하다

"하아…… 어떻게 하지……."

줄리에타는 복도를 걷는 발을 멈추었다. 그리고 어젯밤의 일을 떠올리고 깊은 한숨을 쉬었다.

저택으로 돌아오는 동안, 시종일관 로렌스는 매우 기분이 좋았다.

매일 옆에 있는 줄리에타가 조금 꾸몄을 뿐인데, 그 존재를 눈치채지 못한 스테판을 재미있어하는 것 같았다.

"다음에는 언제 만나줄래?"

떠나기 전에 던져진 로렌스의 말을 떠올리고 어두운 마음에 사로잡혀 버렸다.

되도록 밖의 세계와 단절되어 살아온 줄리에타는, 귀족들의 모임에 섞이는 그런 일 따위는 두 번 다시 하고 싶지 않았다.

그러나 로렌스는 한 번으로 끝낼 생각은 없는 것이다.

그의 변덕이 끝날 때까지 어울려야 하는 처지가 되었다.

그건 그렇고.

아름답게 꾸미고 화장을 한 것만으로 스테판이 줄리에타를 알아보지 못한 것은 충격이었다.

설령 앞머리로 얼굴을 가리고 있다고 해도 매일 옆에서 모시고 있는데, 결국은 스테판에게 자신은 그 정도 존재였다고 생각하니 눈물이 흐를 것 같다.

"……안 돼. 슬슬 스테판님을 깨우지 않으면."

멈춰 버렸던 다리를 움직여 다시 복도를 걸어서 스테판의 방으로 향했다.

"주인님, 안녕히 주무셨어요."

문을 노크했지만 대답은 없었다. 어쩔 수 없이 실내로 들어갔다.

목재로 만든 중후한 수납장과 장식 선반이 놓여 있는 차분한 방이다.

카펫은 진녹색으로 그 위에 테이블 세트와 긴 의자가 놓여 있었다.

옆에 위치하고 있는 줄리에타의 방은 원래라면 주인의

아내가 사용해야 하는 곳이다. 그래서 이 방 안쪽 문과 연결되어 있지만, 통로가 사용된 적은 거의 없는 것이나 마찬가지였다. 스테판이 사생활을 존중해 주고 있기 때문이다.

침실로 향하자 역시 스테판은 잠들어 있는 채였다. 어젯밤은 무도회였기 때문에 오후가 다 되어서야 깨우러 왔지만, 역시 피곤한 것이리라.

"일어나세요. 벌써 오후입니다."

그렇게 말하고 두꺼운 차광 커튼을 열었다. 그러나 잘 일어나지 못하는 스테판은 오늘도 눈을 뜨려고 하지 않았다.

"……주인님."

조금 떨어진 곳에서 말을 걸었다.

언제나처럼 잠꼬대를 하는 스테판에게 안기면 어제의 일을 떠올리고 울어버릴 것 같았기 때문이다.

그러나 스테판은 눈을 떠주지 않았다.

"일어나세요."

다시 한 번 말을 걸자 스테판은 신음하듯이 중얼거렸다.

"……줄리에타……."

이름이 불린 것에 안도하고, 줄리에타는 캐노피 침대에 누워 있는 스테판에게 다가갔다.

"일어나셨습니까? 점심 식사를 준비할 테니까 일어나세요."

그렇게 말을 걸자 갑자기 스테판의 긴 팔이 뻗어 와서 줄리에타의 어깨에 둘러졌다.

"어?! ……무, 무슨……."

도대체 왜 이러실까 하고 그녀가 눈을 크게 뜨는 것과 동시에 부드러운 감촉이 입술에 닿았다.

"……읍!"

닿고 있는 것은 스테판의 예쁜 입술이었다.

처음 하는 키스에 굳어 있자 그대로 세게 안겨 버렸다.

"사랑하고 있어……. 이대로 내 옆에……."

그렇게 중얼거리면서 스테판은 짙은 키스를 해왔다.

아무래도 의식이 돌아온 것은 잠시뿐이고 언제나처럼 잠꼬대를 하고 있는 것 같다. 그러나 너무 동요한 나머지 줄리에타는 어떻게 하면 좋을지 알 수 없었다.

당황하고 있는 사이에도 젖은 혀가 치열을 더듬고 입안으로 들어왔다.

"응…… 읍. 응……."

괴로울 정도로 안겨서 닿은 피부에서 짜릿함이 퍼지기 시작했다.

"좀 더……."

그가 오싹할 정도로 낮은 목소리로 속삭였다. 떨어지려고 하는 몸이 끌어당겨지고 키스가 짙어져 갔다.

치열을 훑고 볼의 안쪽의 점막까지 스테판의 혀가 문질러 갔다.

처음 하는 키스인데, 몸의 안쪽까지 녹아버릴 것 같을 정도로 혀가 뒤엉켜서 줄리에타는 괴로움에 신음을 흘렸다.

"……주, 주인님…… 놓아주세요……."

도움을 구하려고 소리를 냈을 때, 스테판이 긴 속눈썹을 파르르 떨었다.

"읏!"

스테판이 눈을 떴다.

줄리에타는 서둘러서 그의 몸을 떼어내고 아플 정도로 입술을 깨물었다.

"응……. 안녕. 줄리에타."

아름다운 미소가 그녀에게 향했만, 줄리에타는 대답할 수 없었다.

"왜 그래?"

스테판은 그녀에게 입을 맞춘 것을 전혀 기억하지 못한 것 같았다.

그 사실에 안도했지만, 이런 식으로 첫 키스를 잃어버린 것에 눈물이 나올 것 같았다.

"……아, 아무것도…… 아닙니다."

스테판에게 만져진 것이 슬픈 게 아니다. 그가 원한 행위가 아닌데다, 기억을 해주지 않은 것이 괴로웠다.

"그러고 보니 어제는 몸이 나빠 보였는데, 약속대로 바로 돌아오지 못해서 미안해."

미안하다는 듯이 말한 스테판이 경직된 그녀의 손을 잡고 꾹 쥐었다. 그러자 문득 무도회에서의 일이 떠올랐다.

"……너무나 아름답군."

넋을 잃을 정도의 단정한 얼굴에 그런 식으로 유혹을 당하면, 분명 누구나 스테판에게 열중하게 될 것이다. 여성들에게 둘러싸인 것도 당연하다.

줄리에타가 말없는 채 고개를 숙이자 스테판은 의아하다는 듯이 미간을 찌푸렸다.

"손이 뜨거워. 역시 열이 있구나. 의사를 부를 테니까 침대에서 쉬고 있어."

줄리에타의 몸이 뜨거운 것은 스테판에게 키스를 당했기 때문이다. 그러나 그런 것을 말할 수 있을 리가 없었다.

수치심에 얼굴까지 뜨거워지고 눈동자가 촉촉해졌다. 그러나 길게 자란 앞머리가 모두 덮어 가려주고 있었다.

"……아니요. ……괜찮습니다."

필사적으로 얼버무리려고 했지만 몸이 굳어져 버렸다.

"목소리가 떨리고 있잖아. 안 되겠어. 이건 명령이다. 알겠지?"

그녀의 동요를 몸이 나쁜 탓이라고 착각한 스테판은 그렇게 말하며 양보하려고 들지 않았다.

"네……."

그리고 방에서 쉬고 있자 한 시간도 지나지 않아 의사가 찾아왔다. 미열이 나고 있는 것은 피곤한 탓이 아닐까 하는 진단이었다.

어젯밤에 흥분해서 잠들 수 없었기 때문에 정말로 열이 나 버린 것 같았다.

"큰일은 아니라고 의사는 말했지만, 사람은 별거 아닌 병으로 죽는 경우도 있어. 제대로 쉬고 있어."

의사가 돌아간 후에도 왜인지 스테판은 줄리에타의 방에서 나가려고 하지 않았다.

"……알겠습니다."

스테판의 존재가 굉장히 마음에 걸렸다. 줄리에타의 마음도 알지 못하고, 그는 그녀를 살뜰히 챙기기 시작했다.

줄리에타를 위해 차가운 주스나 물을 다른 시종에게 옮겨오게 하고, 그는 침대 옆에 의자를 가져와서 그 자리에서 책을 읽었다.

"여기에서 책을 읽으실 겁니까?"

줄리에타는 중병이 아니다. 조금 열이 났을 뿐이다. 간호할 필요 따위 없다.

"그래. 잠들 수 없다면 조금 떨어져 있을게."

아무래도 스테판은 계속 이 방에 있을 생각인 것 같았다.

"……아니요. 상관없습니다."

걱정해 주고 있는데 무턱대고 쫓아낼 수는 없어서, 줄리에타는 작은 소리로 대답했다.

키스를 당한 탓인지 그의 존재를 강하게 의식해 버려서 옆에 있으면 더욱 열이 오를 것 같았지만, 그런 말을 할 수 있을 리가 없다.

"너는 자도록 해. 알겠지?"

줄리에타는 눈을 감고 자려고 했지만, 굉장히 잠이 안 와서 잘 수 없었다.

살짝 스테판을 훔쳐보자 한숨을 쉬는 모습이 보였다.

그는 뭔가를 고민하고 있는 것일까?

"주인님, 무슨 일이 있으십니까?"

주저하며 물어보자 스테판은 조금 난처한 듯이 웃어 보였다.

"아니? 아무것도. 나는 신경 쓰지 않아도 돼. 어서 눈을 감아."

그렇게 말하고 줄리에타의 볼에 입을 맞추었다. 이러면 더 이상 추궁할 수 없었다.

"착하다. 내일이 되면 분명 건강해질 거야."

그의 따뜻한 말이 더욱 줄리에타의 마음에 외로움을 느끼게 했다.

*　　*　　*

다음 날이 되자 줄리에타의 열은 내려가 있었다.

평소대로 이른 아침에 일어나 일을 하고 있자, 오후가 다 되어 로렌스가 저택을 방문했다.

현관까지 마중하러 간 줄리에타에게 로렌스가 물었다.

"열이 있었다며. 전화로 들었어. 내가 왕궁에 데리고 간 탓이야?"

몸이 안 좋아진 것은 스테판에 대해 생각하느라 잠을 잘 수 없었던 탓이다.

"아니요. 별일도 아닌데 주인님이 걱정해 주셨을 뿐입니다. 신경 쓰지 않으셔도 돼요."

그러자 로렌스는 쓴웃음을 지었다.

"너는 정말로 상냥하구나. ……그러고 보니, 알고 있어? 스테판이 아무래도 상사병에 걸린 것 같아."

갑자기 말한 말에 줄리에타는 눈을 휘둥그레 떴다.

"네……?"

상사병. 그것은, 즉 스테판이 누군가에게 진심으로 마음을 빼앗겼다는 것이다.

"무도회에서 얘기하고 있던 여성이 있었지? 그 사람에게 사랑에 빠져버렸다고 해."

그녀는 필사적으로 머리를 굴려, 스테판이 말을 걸고 있던 여성을 떠올리려고 했다.

많은 예쁜 여성들에게 둘러싸여 있던 것만은 확실했다. 그러나 줄리에타는 그것밖에 보이지 않았다. 그래서 어떤 여성과 말을 하고 있었는지도 기억나지 않았다.

"……주, 주인님은 언제 결혼하셔도…… 이상하지 않을 나이시니까요."

줄리에타는 떨리는 목소리로 로렌스에게 대꾸했다.

"반대하지 않는 거야?"

"저는 그런 입장이 아닙니다."

단순한 고용인에 불과한 그녀에게 공작의 신분인 스테판의 결혼에 대해 이러쿵저러쿵 얘기할 수 있을 리가 없다.

"말참견할 수 있는 입장이라면 반대한다는 뜻인가?"

말꼬리를 잡고 로렌스는 빈정거리는 웃음을 지어 보였다.

"아닙니다……. 그런……."

다른 귀족들과 달리 로렌스는 지금까지 그녀를 업신여기는 듯한 언동은 하지 않았는데.

오늘의 그는 왠지 심술궂게 생각되었다. 줄리에타의 마음을 알고 있으니까 더 이상은 추궁하지 않기를 바랐다.

줄리에타가 말하기 곤란해하면서 고개를 숙이고 있자 갑자기 질문이 날아왔다.

"보고 싶지 않아? 스테판이 사랑하는 여자."

줄리에타는 침묵하고 말았다. 보고 싶다. 스테판은 어떤 여자에게 마음을 빼앗겨 버렸을까?

그러나 반대로 보고 싶지 않은 마음도 강했다. 사랑하는 사람과 얘기를 나누는 스테판의 모습 따위 발견하면 분명 울고 말 것이다.

"마침 이 저택에서 일주일 후 만찬회가 열리지? 너도 동석하는 게 좋아."

자신이 일하고 있는 저택에서 손님을 가장하다니, 큰 죄나 다름없다. 스테판에게 들키면 경멸당하고 말 게 분명했다.

"하지만……."

줄리에타는 더 이상 위험한 행동을 저지르고 싶지 않았다.

"맥스웰에게 전화를 걸어서 벌써 부탁해 두었어. 일손이라면 내 저택의 사람을 빌려줄 테니까, 안심해도 좋아."

어째서 맥스웰이 로렌스를 도와주는 것인지 줄리에타에게는 이해할 수 없었다. 그는 스테판에게 충성을 맹세하고 있을 터였다.

평소라면 스테판을 배신하고 방자한 행동을 할 사람이 아니다.

줄리에타가 난처해하고 있자 로렌스가 더 이상 없을 상냥한 목소리로 속삭였다.

"너는 만나고 싶다고 생각하는 게 맞지? 스테판의 마음을 빼앗은 여자를."

그것은 악마의 속삭임이었다.

스테판에게 전력을 쏟고 싶다는 고용인으로서의 도덕과 여자로서의 갈망이 마음속에서 다투었다.

보고 싶어. 그러나 역시 스테판이 사랑하는 사람과 함께 있는 모습을 보고 싶지 않아.

"저는……."

줄리에타가 로렌스의 권유를 거절하려고 했을 때였다.

"이제 적당히 너희들은 육친에 대한 애정 따위 버려야만 해. 피가 연결된 게 아니니까. 헛된 감정이야. 이걸 계기로 마음을 잘라 버리면 된다고 생각하는데."

그렇게 말하며 로렌스가 더욱 회유하려고 했다.

하지만 가족이라고 생각하고 있는 사람은 스테판뿐이다. 줄리에타는 계속 그에게 마음을 빼앗겨 있었으니까.

"역시 저는 참가해서는 안 된다고 생각합니다. 고용인의 신분으로 만찬회에 참석하다니, 해서는 안 되는 일입니다."

깊숙이 머리를 숙이며 줄리에타가 거절하자, 바로 그때 그가 비웃는 듯한 표정을 지었다.

"……스테판에게 네 마음을 얘기해도 괜찮은 거야?"

그것만은 용서해 주길 원했다.

"……윽. 저를 놀려서…… 즐거우십니까?"

스테판에게 이 마음이 알려지면 더는 지금 같이 옆에 있을 수 없게 돼버린다.

“놀려? 나는 진심인데.”

“……그만하세요.”

진심으로 괴롭힘 같은 것을 당하면 견딜 수 없었다. 그 정도까지 로렌스는 줄리에타를 마음속으로 성가시다고 생각하고 있었던 것일까?

그는 앞머리를 자르라는 말 따위 하지 않았던 몇 안 되는 사람이었는데.

줄리에타가 울 것 같은 표정으로 고개를 숙이고 있자 로렌스가 쿡쿡 웃어 보였다.

“아아. 벌써 방에 도착해 버렸네. 스테판과 복잡한 얘기를 할 생각이니까, 오늘은 자리를 피해주지 않을래?”

깨닫고 보니 응접실에 도착해 있었다. 얘기는 이걸로 끝이다.

줄리에타에게는 이제 로렌스의 권유를 거절할 시간이 없다.

“알겠습니다.”

깊숙이 머리를 숙이고 그녀는 손님인 로렌스에게 예를 다했다. 어차피 맥스웰에게 오늘은 주방에서 일을 하라는 명령을 받았다.

홍차도 다른 메이드에게 옮겨달라고 하자.

"잘 부탁해."

떠나갈 때 그렇게 말한 로렌스의 목소리는 매우 즐거운 듯 들렸다.

*　　*　　*

스테판이 사랑을 한다.

그것은 줄리에타가 태어나서 처음으로 느끼는 충격이었다. 사교계에서 이름을 날리고 있다고는 들었지만, 그가 누군가에게 진심이 된 얘기 따위를 들어본 적은 한 번도 없었기 때문이다.

지위도 있고 청렴하고 지성과 미모를 갖춘 데다 배려심도 있는 그에게 구애를 받고, 그럴 마음이 들지 않는 여자는 분명 없을 것이다.

가까운 시일에 이 저택은 그의 신부를 맞이하게 된다.

줄리에타가 사용하고 있는 방은 이 저택의 주인의 아내가 사용해야 할 곳이다.

민폐를 끼치기 전에 계단 아래의 고용인 방으로 옮겨야 할 것이다.

"……."

누구보다도 스테판의 옆에 가까이 있을 수 있어서 행복했다. 너무 과분할 정도로.

그렇게 자신에게 타이르려고 했지만, 가슴이 찢어질 것만 같이 아팠다.

까다롭다고 소문이 나 있지만, 스테판은 따뜻한 손을 하고 있었고 항상 그녀에게 상냥하게 대해주었다.

저택에 데리고 왔던 어렸을 때에는 외로움에 눈물에 젖은 어린 그녀를 신분의 차도 신경 쓰지 않고 매일 안고 자주었다.

그 일은 평생 잊을 수 없을 것이다.

"스테판님……."

한시라도 빨리 이 마음을 잘라 버려야 한다. 알고 있었지만, 슬픔과 달콤한 통증만이 줄리에타의 가슴을 계속 지배하고 있었다.

* * *

로렌스는 저녁 식사 전에 자신의 저택으로 돌아갔다.

남겨진 스테판은 기분이 안 좋아 보여서 줄리에타조차 말을 걸기 어려운 분위기를 풍기고 있다.

요리사의 얘기로는 준비한 저녁 식사에도 거의 손을 대지 않았다고 한다.

"무슨 문제라도 있으셨습니까?"

따뜻한 홍차를 끓여 그에게 건네면서 줄리에타는 물었다.

"아니. 너와는 상관없는 얘기다."

그러나 스테판에게 쌀쌀맞은 대답이 돌아와서 더 이상 추궁할 수 없었다.

"그렇……습니까?"

고개를 숙인 줄리에타가 방해가 되지 않도록 퇴실하려고 할 때.

바깥의 바람이 세차게 창문을 때려서 덜컹덜컹 소리를 냈다.

"그보다 오늘은 폭풍이 온다고 하니, 방의 문단속을 제대로 해두어라."

자물쇠를 걸지 않고 있으면 바람으로 창문이 열리고 유리가 깨져 버릴 가능성이 있었다.

저택 방의 자물쇠를 전부 굳게 닫을 필요가 있다.

"알겠습니다. 돌아봐 두겠습니다."

깊숙이 머리를 숙이자 스테판이 미안하다는 듯이 말했다.

"막 병이 나았는데 수고를 끼치게 해서 미안해. 몸이 나빠질 것 같으면 누군가와 바꾸던지 나에게 말해. 알겠지?"

주인이 스스로 고용인의 일을 대신 한다니, 말도 안 되는 얘기다.

"아니요. 주인님을 번거롭게 해드리다니……. 괜찮습니다."

줄리에타는 머리를 숙이고 방을 나가려고 했다.

"정말로 괜찮아?"

어렸을 적, 폭풍이 올 때마다 줄리에타는 아버지에게 팔릴 뻔한 일을 떠올리고 가위에 눌렸다고 한다. 스테판이 몇 번이나 당부를 하는 것도 그 때문이다.

"네. 괜찮습니다."

그렇게 대답했지만, 굉장히 불안한 마음이 가슴 안쪽에서 소용돌이 치고 있었다.

*　　　*　　　*

오늘은 일 년 만에 겪는 폭풍이 부는 밤이었다.

일을 끝낸 줄리에타는 자신의 침대에 웅크리고 머리부터 담요를 뒤집어썼다.

"……윽."

괜찮아. 그렇게 자신에게 타일렀다. 아무리 무서워도 이렇게 있으면 언젠가 잠에 빠져서, 아침이 되면 폭풍은 물러가 있을테니까.

그러나 열심히 진정하려고 하는 그녀의 귀에 비바람과 천둥소리가 들려왔다.

그러자 만취한 아버지에게 끌려 나와 차가운 빗속에서 질질 끌려갔던 기억이 되살아나기 시작했다.

"나에게 거역하지 마! 네 얼굴을 보고 있으면 짜증이 나. 지금 당장 눈앞에서 사라져!"

줄리에타가 어머니와 똑 닮은 탓에 술에 절어버린 아버지에게 몇 번이나 급료를 보냈지만, 모두 되돌아오고 말았다.

그 정도로까지 줄리에타와의 인연을 끊고 싶은 건지도 모른다. 스테판은 아버지에 대해서는 아무 걱정하지 않아도 된다고 해주었지만, 위로라고밖에 생각되지 않았다.

가까운 시일 내에 스테판이 사랑하는 사람과 결혼을 하면 줄리에타는 더욱 혼자가 되어버린다. 무섭고 괴로워서, 차라리 아무도 자신을 모르는 곳에 도망쳐 버리고 싶었다.

가슴의 괴로움을 참고 있자 문득 무도회에서의 호의로 찬 눈동자가 떠오르고 눈앞이 빙글빙글 돌아가는 기분이 들었다.

어디에도 그녀가 있을 곳 따위 없다. 이대로 숨을 멈추는 일이 가능하다면 얼마나 편해질까?

"하아……. 하악! ……괜찮아. 이제 여기는 아무도 없으니까…… 무섭지 않아……. 괜찮아……."

호흡이 점점 흐트러져 갔다. 이것은 위험한 징후였다. 이전에도 이 증상이 심해져서 과호흡에 빠졌었던 공포가 더욱 불안을 일으켰다.

누군가에게 민폐를 끼치는 일 같은 건 없다. 여기는 안심이다. 옆방에는 스테판도 있다.

줄리에타는 그렇게 자신에게 타일렀다.

하지만 그때, 강한 바람이 창문을 때리며 덜커덩하는 큰 소리가 방에 울렸다.

"……후…… 읏."

역시 진정할 수 없다. 줄리에타가 눈물을 흘릴 것처럼 눈동자를 글썽거리고 있자 스테판의 방과 연결되는 문에서 노크 소리가 들렸다.

"괜찮아? 줄리에타."

"주인님?"

놀라서 소리를 내자 대답을 기다리지 않고 문이 열렸다. 그 통로가 사용되는 일은 최근에는 거의 없었는데.

대체 무슨 일일까? 줄리에타는 담요에서 살며시 얼굴을 내밀고 그를 바라보았다.

"걱정이 돼서 모습을 살펴보러 왔어. 바로 어제까지 몸도 안 좋았잖아."

그렇게 말하고 셔츠에 편한 바지 모습의 편안한 차림을 한 스테판이 침대에 다가와서 줄리에타의 옆에 앉았다.

아무래도 잠들 준비를 하고 있는 도중에 줄리에타가 걱정이 돼서 살펴보러 와준 것 같았다.

"눈이 빨개져 있어. ……혼자서 울 정도라면 내 방에 와도 괜찮은데."

스테판은 굳은 표정으로 그렇게 중얼거렸다.

"그럴 수는 없습니다."

줄리에타는 고용인이다. 폭풍이 무섭다고 주인의 방을 찾아가는 것이 가능할 리가 없다.

눈을 크게 뜨고 대꾸하자 스테판은 한쪽 눈썹을 올리고 장난을 쳤다.

"망측한 잠옷 차림으로 네가 내 방에 와도 나는 덮치거나 하지 않는데?"

갑자기 직설적으로 채인 말에, 줄리에타는 동요해 버렸다.

"그, 그, 그런 말씀을…… 주인님을 믿고 있지 않는 것이 아니라……."

구혼자가 많은 스테판이 줄리에타를 덮치는 일 따위, 생각할 수 없는 얘기다.

볼을 붉게 물들이고 있자 갑자기 단단한 그의 긴 팔이 둘러졌다.

"무섭지 않아. 나는 계속 네 옆에 있어."

그것은 어렸을 때부터 반복되어 온 약속이다. 폭풍에 겁을 먹고 훌쩍거리는 그녀를 스테판은 언제나 그렇게 달래주었다.

줄리에타는 스테판의 팔의 따뜻함을 기쁘게 생각하면서도 더욱 울고 싶어지고 말았다.

“오늘은 오랜만에 함께 잘까?”

“네?”

줄리에타는 이제 어른이 되었다. 어렸을 때와는 다르다. 그런 일은 할 수 없다.

그렇게 대꾸하려고 했지만 큰 천둥소리가 울려서 줄리에타는 몸을 움츠리고 말았다.

“……악!”

굳어진 그녀의 등을 쓰다듬고 스테판이 상냥하게 타일렀다.

“무섭지? 이제 괜찮아. 그나저나…… 이렇게 있으니, 옛날이 떠오르네.”

스테판에게 줄리에타는 언제까지나 어린 그대로인 것이다.

그리고 천천히 그녀의 등을 쓰다듬었다.

“괜찮으니까.”

자신만 담요를 덮고 있는 것을 깨닫고 그녀는 스테판에게도 담요를 덮어주었다.

“이런. 나도 덮어주는 거야? 줄리에타는 상냥하네.”

이대로라면 스테판이 감기에 걸리기 때문이다. 사실은 함께 잠드는 일 따위 받아들이고 싶지 않았다.

심장은 터질 것처럼 뛰고 있다. 그 소리가 그에게 들려 버리는 것은 아닐까 하고 걱정돼서 견딜 수 없었다.

"잘 자. 좋은 꿈 꿔."

몇 번이나 반복해서 큰 손이 등을 쓰다듬고 있자 어렸을 때로 돌아간 듯한 기분이 들었다.

스테판의 팔 안에 있을 때는 아무리 무서운 것도 찾아오지 않는다.

그리고 어느 정도의 시간이 지났을까? 줄리에타가 기분 좋게 꾸벅꾸벅 졸고 있자 편안한 숨소리가 들려왔다.

스테판이 먼저 잠들어 버린 것 같았다.

"……."

줄리에타는 잠자고 있는 스테판을 살며시 올려다보았다.

비바람 소리는 이제 무섭지 않았다. 그의 온기에 감싸여, 터질 듯한 심장소리가 들려서일지도 모른다.

"안녕히 주무세요."

그가 잠들어 있는 것을 확인하고 살며시 그의 가슴 부근에 얼굴을 가까이 했다. 그러자 정확한 심장 소리가 귀에 닿아서 매우 편안한 기분이 되었다.

사랑한다고…… 그가 잠들어 있다는 것을 알고 있어도 입 밖으로는 꺼낼 수 없었다.

단지 말없이 영원히 이 시간이 이어지면 좋겠다고 바라

고 있을 뿐이었다.

그리고 줄리에타는 깊은 잠에 빠져들었다.

*　　　*　　　*

한밤중이 되고.

줄리에타는 숨이 괴로워져서 눈을 억지로 떴다. 창문 밖에서는 이제 비바람 소리가 들리지 않았다.

아무래도 폭풍은 물러간 것 같다,

졸린 눈을 비비려고 할 때, 자신의 몸이 생각처럼 움직이지 않는 것을 깨달았다.

"……응?"

촛불은 아직 꺼지지는 않았다. 희미한 불빛 속에서 뚫어지게 바라보자, 그녀의 몸에 스테판이 강하게 팔을 두르고 있는 것을 발견했다.

"……앗!"

가슴을 억누르는 자세로 밀착한 그는 줄리에타의 어깨에 얼굴을 묻고 있었다.

"……주, 주인님……. 괴로워…… 윽."

헐떡거리며 말했지만, 그녀의 목소리는 깊이 잠든 스테판에게 닿고 있지 않은 모양이다.

그리고 그가 몸을 살짝 움직이자 뜨거운 숨결이 귓불에

닿아서, 줄리에타는 몸이 경직되고 말았다.

"저, 저기……."

다시 한 번 깨우려고 했지만, 지금 그가 잠을 깨면 더욱 부끄러움을 느끼게 된다는 것을 깨달았다.

그가 일어나기 전에 이 상황에서 탈출하지 않으면 안 된다.

줄리에타는 그를 깨우지 않도록 발버둥을 쳤지만, 역시 팔을 풀 수 없었다.

"응……."

그러기는커녕 뜨거운 숨결이 귓불에 닿아서 움찔 몸이 굳어졌다.

"……스테판…… 님."

무심코 이름을 불러 버렸지만, 그는 역시 깨지 않았다.

그리고 갑자기 줄리에타의 귓불에 미지근한 감촉이 느껴졌다.

"응…… 읏."

또 스테판은 줄리에타를 애인과 착각하고 있는 것 같았다.

아까 말을 건 탓에 잠이 얕아져 버린 게 분명했다.

"……싫어…… 아."

부들부들 몸서리가 쳐졌다. 그러나 뜨겁고 축축한 혀는 질척질척 소리를 내면서 귓속 안으로 더 들어왔다.

"으, 응응!"

그러나 소리를 낼 수는 없다. 스테판을 깨워 버릴 수도 있기 때문이다.

줄리에타가 소리를 죽이고 있자 그의 입술이 귓불을 감싸고 쪽 강하게 빨아들였다.

"……앗!"

스테판이 일어난 것이 아닐까 의심했지만, 그가 줄리에타에게 이런 것을 원할 리가 없는 것이다.

몸부림을 치는 몸이 꽉 세게 안겼다.

"하아…… 응응."

뜨거운 숨결을 코에서 낸 줄리에타에게 은밀한 미소가 희미하게 들린 듯한 기분이 들었다.

*　　*　　*

"할 얘기가 있어."

스테판이 전화로 그렇게 말하자 친구인 로렌스가 놀리는 듯이 물어왔다.

"설마 내 애인에 대해 묻고 싶은 거야? 일부러 내 사랑 이야기를 묻다니, 스테판은 친구를 참 아끼는구나."

분명 얘기하고 싶은 것은 무도회에서 데리고 있던 여성에 대해서이지, 사랑 이야기 따위를 물을 생각은 없었다.

"……그 모습으로는 아직 애인이 아니겠군. 그녀는 내 것으로 삼지. 결코 네게 양보하지 않아."

그렇게 선언하자, 로렌스는 전화 건너편에서 잠시 침묵하고 있다.

에둘러 말할 생각은 없었다.

스테판이 말하고 싶은 것은 로렌스에 대한 선전포고다.

"갑작스럽네. ……스테판과의 우정은 망가뜨리고 싶지 않았지만, 이건 얘기를 해둬야 하나."

"동감이야. 나도 똑같이 생각하고 있던 참이야."

냉정한 목소리로 되받아치자 로렌스는 깊은 한숨을 내쉬었다.

"나중에 저택으로 갈게."

그렇게 말하고 그는 전화를 끊었다.

밤에는 폭풍이 올 거라는 예측이 있었다. 스테판은 전화로 얘기를 끝낼 참이었지만, 로렌스는 상관없이 이쪽 저택으로 올 생각인 것 같았다.

갑자기 요전에 줄리에타의 허리에 팔을 두르고 있던 로렌스의 모습이 떠올라서 스테판은 얼굴을 찌푸렸다.

집사장인 맥스웰에게 부탁해서 줄리에타에게 오늘은 이 방에서 일을 하지 않도록 해야 했다.

스테판의 소중한 보물인 그녀에게는, 설령 애인이 있는 남자라도 손가락 하나 건드리게 할 생각은 없다.

"생각하고 있던 것보다도 나는 마음이 좁구나."

자신의 좁은 마음에 한숨을 내쉬었다. 그러나 생각을 바꾸지는 않았다.

그리고 맥스웰을 부르기 위해, 계단 아래와 연결하는 벨을 울렸다.

제4장
금지된 장난

하웨이가에서 행하는 만찬회의 밤.

줄리에타는 자신의 일을 마치고, 로렌스에게 몰래 받은 드레스로 갈아입었다. 레이스와 프릴이 잔뜩 달린 드레스는 허리 부근에 리본을 매서 풍성한 주름을 너울거리게 하는 스타일이었다.

가늘고 가냘픈 목에는 보석이 흩뿌려진 목걸이를 걸게 되었다.

길게 자란 앞머리를 올리고 사랑스러운 작은 꽃이 달린 머리 장식을 하고 화장을 했다.

줄리에타는 거울을 볼 수 없기 때문에 스스로는 최소한

의 화장밖에 할 수 없었다.

이걸로 괜찮을까…… 하고 불안해지면서 준비를 마치고 그녀는 한숨을 쉬었다.

드레스는 익숙하지 않다. 줄리에타는 마치 자신이 광대라도 된 기분에 빠져 버렸다.

약속 시간이 다가오자 남들 눈에 띄지 않도록 저택의 뒷문을 통해 밖으로 나갔다. 고용인이 출입하기 위한 문을 지나, 거기에서 기다리고 있던 로렌스의 마차에 올라탔다.

"너무 예쁘다. 마치 신부 같아. 이대로 납치해서 나만의 것으로 해버리고 싶어져."

좌석에 앉자마자 로렌스가 그렇게 웃는 얼굴로 말지만, 줄리에타는 기뻐하는 마음이 들 수 없었다.

"농담은 그만하세요. 부탁이니까 이제 마지막으로 해주시겠습니까? 더 이상 일을 빠진다면 해고가 될 테니까요."

줄리에타는 비통한 표정으로 호소했다.

자신의 마음을 숨기기 위해 스테판을 배신하는 짓을 하고 싶지 않다. 이건 죄를 쌓을 뿐이다.

"스테판이 너를 해고하다니, 그럴 거라 생각되지 않는데. 게다가 간단하게 그만둬 버리면 재미없잖아."

"……큭."

너무 믿고 있다. 스테판은 아버지에게 버려진 줄리에타에게 잘해주고 있지만, 어차피 고용인인 것이다. 일을 하지 않는 메이드 따위 쓸모없을 게 분명하다.

그러나 말대답을 해도 로렌스는 그녀를 놀릴 거라는 것이 눈에 보였다. 줄릴에타는 말없이 입술을 굳게 다물었다.

어차피 이루어지지 않는 사랑이다. 스테판이 결혼하기 전에, 그리고 이 마음을 눈치채여서 환멸당하기 전에 저택을 떠나는 편이 좋은 것은 아닐까 하고 줄리에타는 생각하기 시작했다.

그러나 지금은 눈앞의 고난을 넘어서야만 했다.

"도착했어. 자, 갈까?"

현관에는 하웨이가의 고용인들이 손님을 맞이하기 위해 정렬해 있었다.

원래라면 줄리에타는 거기에 서 있어야 하는 입장이다.

침통한 표정으로 마차에서 창문 밖을 보고 있자 로렌스가 그녀에게 손을 내밀었다.

"혼자서 내릴 수 있어요."

쌀쌀맞게 거절하자 로렌스는 짓궂은 미소를 띄웠다.

"이런 일에서도 협박을 하지 않으면 받아들여 주지 않으려나?"

"……당신이라는 분은……."

어째서 로렌스가 그렇게까지 줄리에타를 괴롭히려고 하는지 그녀는 이해할 수 없었다.

슬픈 듯이 얼굴을 일그러뜨렸지만, 로렌스는 물러서려

고 하지 않았다. 어쩔 수 없이 줄리에타는 내밀어진 손을 잡았다.

"그럼 가볼까?"

로렌스와 함께 마차에서 내리자 하인과 메이드들이 웃는 얼굴로 맞이했다. 그러나 줄리에타에 대해 전혀 눈치채지 못한 모습이다.

단 한 명, 집사장인 맥스웰만이 온화한 표정으로 이쪽을 보고 있었다.

"잘 오셨습니다. 로랑산 백작님. 다른 손님들은 이미 오셔서 스테판님과 함께 응접실에서 기다리고 계십니다."

이미 약속 시간을 넘긴 후였다. 하웨이가의 만찬회는 전원이 모이고 나서 시작된다는 규칙이 있다. 자신들이 늦은 탓에 다른 귀빈들 외에 요리사나 시종에게까지 민폐를 끼치고 있던 것 같았다.

그러나 로렌스는 주눅 든 기색이 없다.

"늦어버려서 미안하군. 자 갈까? 마이 레이디."

말뿐인 사과를 하고 로렌스가 눈짓을 해왔다. 그것을 줄리에타는 씁쓸한 마음으로 바라보고 있었다.

*　　*　　*

그리고 둘이서 팔짱을 낀 채로 응접실로 향했다. 문을 열자 다른 손님들이 나타난 로렌스와 줄리에타에게 주목했다.

"여어. 로렌스, 늦었군."

스테판과 일 관계로 교제가 있는 자작이 로렌스에게 그렇게 웃는 얼굴로 말을 걸었다.

확실히 그는 로렌스와도 사이가 좋고 자주 하웨이가를 찾아오던 남자다.

줄리에타의 긴 앞머리가 마음에 들지 않은 듯, 몇 번이나 자르게 하라고 스테판에게 말했던 것이 문 너머로 들려왔던 일이 떠올랐다.

"그 아름다운 레이디는 무도회에서도 늦게 왔던 사람이 아닌가. ……역시 로렌스가 결혼 직전이라는 소문은 사실이었던 거군."

아니야. 그렇게 호소하고 싶었다. 하지만 끼어들면 로렌스가 나중에 약속을 어길지도 몰랐다.

침묵한 줄리에타가 난처해하고 있는데 갑자기 강한 시선을 느껴졌다.

주변을 살펴보자 잡아먹을 듯이 줄리에타를 바라보는 스테판의 모습이 있었다.

"……너무나 아름답군."

그렇게 말을 던졌던 것이 떠올랐다. 그러나 그것은 빈말이다.

지금도 이쪽을 보고 있는 것은 친구인 로렌스의 애인을 평가하고 있는 것에 불과하다.

알고 있는데, 스테판이 바라보고 있다고 생각하니 심장의 고동이 두근두근 빨라진다.

그러고 있는 사이에도 로렌스는 애인과 친해진 계기를 얘기해 달라는 친구들에게 둘러싸여 버렸다.

사람을 피해서 잡담을 나누는 그들을 벽 쪽에서 바라보고 있던 줄리에타였지만, 만찬회가 시작되자 먼 곳에서 바라보는 일도 불가능하게 되었다.

식사의 준비가 다 됐다는 소식을 듣고 테이블이 늘어선 연회장으로 향했지만, 그 자리 배치가 스테판과 로렌스의 사이에 자리가 마련되었기 때문이다.

요리는 훌륭한 것뿐이었다.

반짝반짝 빛나는 송아지 콘소메풍의 젤리, 홍합 스프, 크림소스 오말새우, 병아리 로스트로 굉장히 호사스러운 것만이 옮겨져 왔다.

그것은 우연히도 줄리에타가 좋아하는 것들뿐이었다. 그러나 너무 긴장한 나머지 줄리에타는 식사를 할 정신이 없었다.

옆에는 스테판이 있다. 여기에 고용인이 섞여 있다는 것을 눈치채면 그는 얼마나 분노할까?

"왜 그래? 거의 입에 대고 있지 않는 것 같군."

옆에 앉은 스테판이 주재자로서 걱정하고 있는 것인지 그렇게 물었다. 하지만 대답을 하면 목소리로 줄리에타라는 것을 깨닫게 돼버릴지도 모른다. 그런 불안이 들어서 줄리에타는 아무 대답도 할 수 없었다.

침묵하는 그녀 대신에 로렌스가 스테판에게 말했다.

"미안하군. 여기에 오기 전에 둘이서 애프터눈 티를 즐기고 있던 탓이야. 원래 그녀는 소식을 하니까, 별로 먹을 수 없게 되어버린 것 같아."

"……그래?"

단적으로 대답하자 스테판은 뚱한 표정으로 와인을 마셨다.

줄리에타는 여기에 오기 직전에 로렌스와 만났던 것이다. 함께 홍차 따위 마시지 않았다. 끼어들고 싶은 것을 꾹 참았다. 그녀는 목소리를 내서는 안 되는 것이다.

게다가 스테판이 한 번이나 두 번 만난, 친구의 애인이라 들은 상대의 행동에 관심을 가질 리가 없다.

살며시 주변을 살펴보자 방문한 아가씨들이 스테판과 로렌스를 바라보고 있다는 것을 깨달았다.

'아르도 미르스국의 장미의 쌍벽' 이라고 명성이 자자한 둘이니까, 아가씨들이 그들을 신경 쓰고 있는 것은 당연할 것이다.

그건 그렇고.

이 안의 누가 스테판이 사랑하는 여성인 걸까? 하나하나 보았지만, 아가씨들은 모두 똑똑하고 아름답고 그리고 기품을 겸비하고 있었다.

누가 사랑받고 있다고 해도 이상하지는 않다.

줄리에타는 누가 스테판의 짝사랑 상대인지 전혀 알 수 없었다. 옆에 앉은 로렌스에게 귓속말을 해서 물어보고 싶은 충동에 휩싸였지만, 반대쪽에는 스테판 본인이 앉아 있다. 물어볼 수 있을 리가 없었다.

그렇게 식사가 끝나고 여자들은 커피를 마시면서 환담을 나누기 위해 응접실로 돌아가고, 남자들은 정치 등의 토론을 나누기 위해 흡연실로 향하게 되었다.

"나와 떨어져서 외로울지도 모르지만, 조금만 참아줘."

자리를 떠나는 줄리에타의 손을 잡고, 로렌스는 그렇게 말하며 그녀의 손에 입을 맞추었다.

식사가 끝났다면 스테판이 눈치채지 못한 사이에 방으로 돌아가고 싶었다.

하지만 마차에도 타지 않고 여기를 떠나면 수상히 여길 것이 뻔했다.

로렌스에게 잡힌 손을 젖은 눈동자로 바라보면서도 줄리에타는 작게 고개를 끄덕였다. 그러자 그는 지인인 자작과 함께 흡연실로 향했다.

"그 드레스, 매우 아름다워요. 다음에 그 재봉소를 소개해 주시겠어요?"

인접한 응접실로 향하는 도중에 아가씨들이 잡담을 하는 목소리가 들려왔다.

아무래도 아가씨들은 서로 얼굴을 알고 있는 것 같았다. 누구 하나 아는 사람이 없는 것은 줄리에타뿐인 것 같다.

그리고 응접실에 발을 들이려고 할 때, 벽 쪽에 걸려 있던 금테장식이 된 거울을 보고 말았다.

거기에 비친 것은 어머니와 똑같은 얼굴을 한 밤색 머리카락을 지닌 다갈색의 눈동자의 여자였다.

슬픈 듯한 표정으로 옅은 붉은빛 입술을 꼭 다문 모습은 어머니가 없어질 때의 일을 선명하게 떠오르게 하기 충분했다.

삭 핏기가 가시고 입술이 떨렸다.

눈동자를 크게 뜨면서 진정하려고 했지만, 피의 흐름이 빨라지고 귀 안쪽에서 콸콸 흘러가는 소리가 들리기 시작했다.

"……아…… 앗."

눈앞이 새까맣게 되어갔다. 줄리에타가 땅속으로 꺼질 듯한 감각에 사로잡혀 있자 점차 호흡이 괴로워지기 시작했다.

"히익…… 으……. 읍…… 큭."

털썩 바닥에 무릎이 닿을 것만 같을 때였다.

갑자기 그녀의 몸이 안아 올려졌다. 그리고 다른 사람의 눈에 띄지 않기 위해서인지 그대로 테라스로 옮겼다.

그리고 하얀 투각 장식이 된 테이블 세트의 의자에 앉혀졌다.

"이것을……."

그리고 무언가 봉지 같은 것이 내밀어졌다. 줄리에타는 몽롱한 상태에서 입과 코를 그것으로 막아서 호흡하기 시작했다.

"진정하고. 괜찮아."

그녀의 등을 쓰다듬는 따뜻한 손은 매우 익숙한 것이었다.

겨우 호흡이 진정되기 시작하고 눈물로 촉촉해진 눈가를 손가락이 문질렀다.

"……이런 곳에 익숙하지 않은 탓 같군. 이제 만찬회는 끝나가고 있어. 무리하지 않아도 돼."

줄리에타에게 그렇게 속삭인 사람은 스테판이었다. 투명한 바다처럼 푸른 눈동자가 가만히 그녀를 내려다보고 있었다.

"아……."

몸이 진정되자 이번에는 불안감에 휩싸이기 시작했다.

이것은 언제나 줄리에타가 일으키는 증상이다. 어쩌면 스테판은 자신이 줄리에타라는 것을 눈치챘을지도 모른다.

"……읏!"

몸을 일으켜서 도망치려고 했지만, 줄리에타의 몸이 둥실 그에게 안겼다.

놓아달라고 호소하고 싶었지만 목소리를 낼 수는 없었다.

줄리에타는 단지 말없이 눈을 휘둥그레 떴다. 그리고 어깨를 흔들어 도망치려고 했지만, 스테판의 손은 떨어지지 않았다.

"아무리 날뛰어도 소용없어. 놓치지 않아."

마치 오페라에서 봤던 악당 같은 대사였다. 그에게 이끌려 몇 번인가 발을 들였지만, 굉장한 박력에 두려워졌던 기억이 있다. 줄리에타가 곤란해하고 있는 사이에도, 복도로 나온 그는 어딘가로 향해갔다.

어디로 가는 걸까……. 물어보고 싶지만, 소리를 낼 수는 없어서 단지 몸을 움츠릴 수밖에 없었다.

그는 손질된 정원을 지나서 온실로 향했다.

여기는 스테판이 다른 사람의 출입을 금지하고 있는 곳이었다. 안은 녹색의 낙원으로 되어 있고, 천장이 유리였기 때문에 밖에서는 보이지 않다.

온실에는 타임이나 라벤더, 회향풀과 세이지 등 수많은

허브가 심어져 있어 상쾌한 향이 풍기고 있었다. 빈틈없이 정비된 화단 사이에는 꽃도 심어져서 보기에도 아름다웠다.

중심에는 작은 분수가 있어, 풍부한 물을 가득 채우고 있다. 스테판은 그 옆에 놓인 테이블 세트에서 애프터눈 티를 즐기는 것을 좋아하지만, 최근에는 바빠서 여기를 찾아온 적은 없었다.

스테판이 다른 사람의 출입을 금지하고 있는데도 줄리에타가 온실에 대해 자세히 알고 있는 것은 그녀만은 특별히 안으로 들어가는 것을 허락받고 있기 때문이다.

여기에 티세트나 과자를 옮겨오는 것은 언제나 그녀의 역할이다.

"……."

온실에 발을 들일 수 있다는 것은 스테판과 자신뿐이라고 믿고 있던 그녀는 점차 핏기가 가시고 말았다. 이런 식으로 간단하게 다른 사람을 받아들일 거라고는 생각하지 못했다.

단순히 주인과 고용인의 관계라고 스스로 알고 있다고 생각했는데, 깨닫지 못한 사이에 자만하고 있었던 것 같다.

슬픈 표정으로 줄리에타가 미간을 찌푸리고 침묵하고 있자 그녀의 몸이 분수의 가장자리에 앉혀졌다.

"왜 그래? 눈물이 흐를 것 같을 정도로 눈동자가 글썽거리고 있어.”

왜 울고 있냐고 물어도 대답할 수 없었다.

지금의 줄리에타는 고용인인 본래의 그녀와는 다른 사람이라고 가장하지 않으면 안 되기 때문이다.

“……윽.”

얼굴을 휙 피하자 스테판은 줄리에타의 턱을 잡고 얼굴을 들어 올리게 했다.

“나와 단둘이 된 것이 울 정도로 싫은가?”

아니야.

그럴 생각은 아니었다. 스테판의 심기를 건드려 버린 것을 미안하게 생각하면서 작게 고개를 저었다.

그녀는 단지 자신의 자만심과 어리석음이 슬플 뿐이었다. 스테판과는 관계가 없다.

“너는 그렇게나 로렌스가 좋은 거야?”

슬픈 듯이 물어와서 이번에는 크게 고개를 저었다.

로렌스에게는 협박당해서 끌려왔을 뿐이다. 그녀가 바라서 옆에 있다고 생각되기 싫었다.

“나는?”

줄리에타는 놀라움에 눈을 크게 떴다. 스테판은 어째서 그런 것을 그녀에게 물어보고 있는 것일까?

“내 눈동자를 봐.”

예쁜 그의 입술이 닿을 정도로 다가왔다.

줄리에타는 모든 시간이 멈추는 듯한 착각에 빠졌다.

이렇게나 가까이에 스테판이 있어주는 것이 꿈처럼 생각되었다. 그 정도로 좋아하는 상대 따위 없다. 줄리에타에게 전부라고 말해도 과언이 아니었다.

"……읏!"

스테판의 투명한 바다처럼 푸른 눈동자를 바라보고 있자 점차 볼이 뜨거워졌다.

평소에는 앞머리를 길게 기르고 있기 때문에 이런 식으로 직접 스테판의 눈동자를 본 적이 없었다.

그의 눈동자에게 매혹돼 버린 것처럼 줄리에타는 점차 아무 생각도 할 수 없게 돼버렸다.

"사실은 로렌스의 애인이 아니지?"

'로렌스의 애인'. 그 말에 줄리에타는 눈을 크게 떴다. 아니라고 소리를 내서 호소하고 싶었다.

그러나 목소리를 내면 스테판은 눈앞의 여성이 줄리에타라고 깨달을 게 분명했다.

초조함에 몸이 부들부들 떨리는 것을 막을 수 없었다. 줄리에타는 단지 작게 고개를 끄덕일 수밖에 없었다.

"그러면 아직 희망이 있군. ……처음 만났을 때부터 나는 너에게 마음을 빼앗겨 버렸어. 부디 이제 다른 남자는 생각하지 마."

"?!"

로렌스가 말했던 스테판이 좋아하게 된 상대는 아무래도 줄리에타였던 것 같다.

그러나 스테판은 여성을 유혹하는 농간에 뛰어나다고 소문이 나 있다.

설마 이것은 귀족 사이에서는 평범한 사랑의 장난인 것일까?

그런 의심이 들어버렸다.

줄리에타는 대답도 할 수 없어서 부드럽게 곡선을 그리는 볼을 떨며 미간을 찌푸렸다.

그러자 그는 슬픈 표정을 지었다.

"……내가 네 것이 되는 것은 싫은가?"

무슨 말을 듣고 있는지 줄리에타는 이해할 수 없었다.

스테판을 자신의 것으로 한다. 그런 것은 불가능할 터였다.

망연해하는 줄리에타의 매끄러운 볼을 그는 살며시 어루만졌다.

따뜻한 손가락이다. 단지 그것만으로도 줄리에타는 온몸의 힘이 빠질 것 같았다.

"부디 그 손으로 나에게 닿아주지 않을래?"

줄리에타의 가냘픈 손을 주저하는 듯이 쥐고, 스테판은 마치 충성을 맹세하는 듯이 손등에 입을 맞췄다.

로렌스에게도 같은 일을 당한 적이 있었지만, 줄리에타

는 그때와는 다른 달콤한 짜릿함을 느꼈다.

"……윽."

하얀색으로 착각할 듯한 그의 백금발이 빛났다. 그 한 가닥 한 가닥이 마치 보석 같았다.

옅은 미소를 띠는 그 표정은 어딘가 위험하지만 기품에 차 있어서, 마치 이야기책에서 읽은 적이 있는 왕자 같았다.

"네가 나를 뿌리치지 않는다면 이대로 기회로 삼아버릴까."

쪽 소리를 내며, 손가락에까지 입술이 닿아버려 줄리에타는 새빨갛게 되어버렸다.

그리고 스테판을 똑바로 볼 수가 없어서 얼굴을 돌렸다. 그러자 줄리에타의 부드러운 볼에 그의 따뜻한 입술이 닿았다.

"그럴 마음이 없는 남자 앞에서 틈을 보여서는 안 돼."

빙글빙글 현기증이 났다. 계속 옆에 있었지만, 이렇게나 요염한 빛을 띠는 스테판을 보는 것은 처음이었다. 잠꼬대를 할 때의 그보다도 더 질이 나쁜 사람으로 생각됐다.

너무 달콤한 분위기에 줄리에타는 호흡하는 방법도 잊어버리고 질식할 것만 같았다.

"너의 사랑스러운 입술을 빼앗겨도 이상하지 않아."

연애에 관해서는 전혀 면역이 없는 줄리에타에게는 더

이상 스테판의 팔 안에 있는 것이 불가능했다.

과도한 스트레스를 받을 때 느껴지는 괴로움과는 전혀 다른 압박감을 느끼고 있었다.

떨리는 몸을 안아오는 스테판의 팔 안에서, 차라리 지금 당장 숨이 끊어지더라도 행복하다고 생각할 것이다.

"거절하지 않는다면 받아들여 주는 거라고, 어리석은 남자는 오해하고 말아."

가만히 바라보는 시선을 느꼈지만, 눈을 마주칠 수 없었다. 줄리에타의 심장이 세차게 뛰고 있었다. 그러자 갑자기 그녀의 부드러운 입술이 막혔다.

"……읍…… 응…… 응."

놀라운 나머지 소리를 내버리고 목 안쪽에서 숨을 죽였다.

그러자 바로 그의 입술이 떨어졌다.

"말할 수 없게 되어버린 건 아니겠지. 기분 좋게 해줄 테니까, 목소리를 들려주지 않을래?"

스테판은 눈앞의 여성이 말을 할 수 있다는 것을 알고 있는 듯했다.

아무래도 그는 로렌스와 얘기를 하는 줄리에타의 모습을 어딘가에서 본 적이 있는 것 같았다.

그러나 소리를 낼 수는 없다. 들켜 버릴 것 같기 때문이다.

줄리에타가 수치심에 볼을 물들인 채 고개를 옆으로 흔들자 스테판이 다시 키스를 했다.

"읍."

그는 줄리에타를 놓고 자신의 입술을 살짝 혀로 핥았다.

"도톰한 입술이야. 너무 기분 좋아서 무아지경이 되어버리겠어."

쿡쿡 웃는 그의 모습에 줄리에타는 얼굴에서 불이 날 것처럼 되어버렸다.

충동적으로 이 자리에서 도망치려고 했지만, 스테판의 강한 팔에 안긴 채 꿈쩍도 할 수 없었다.

저택에서는 스테판이 만찬회에 초대한 귀빈들이 그를 찾고 있지는 않을까? 줄리에타는 불안해서 견딜 수 없었지만, 당사자는 신경 쓰는 모습도 없다.

"로렌스가 걱정인가?"

난처해하고 있는 표정을 깨달았는지 스테판은 그렇게 물었다.

줄리에타가 걱정인 것은 로렌스가 아니라, 주인인 스테판의 명성이다. 만찬회에서 아무 말도 없이 사라지는 것은 그의 평판을 떨어뜨릴 수 있다.

매사에 총명한 그가 그것을 모를 리가 없는데.

뚫어지게 스테판을 계속 올려다보고 있자 그가 작게 웃어 보였다.

"너는 아무 생각 하지 않아도 돼."

그러나 그럴 수는 없었다. 줄리에타가 분수의 가장자리에서 일어나려고 하자, 팔이 당겨져서 다시 자리로 돌아와 버렸다.

"여기에는 아무도 오지 않아. 너를 발견할 수 있는 자는 없어. 포기해."

그렇게 말하고 스테판은 줄리에타의 길게 자란 밤색 머리카락에 손가락을 넣어서 얼굴을 당겼다. 그리고 또 입술을 부딪치고, 이번에는 젖은 두꺼운 혀를 밀어 넣었다.

그의 뜨거운 혀가 입안을 훑자 미끈미끈한 감촉에 짜릿함이 느껴졌다.

이렇게 짙은 키스는 처음인데, 마치 계속 이렇게 해왔던 것 같은 착각에 시달렸다.

"……흐…… 읏, 응, 응읍."

반복되는 격렬한 입맞춤에 줄리에타는 숨이 흐트러지기 시작했다.

스테판이 입을 맞춘 것은 처음이 아니다.

첫 번째는 요전에 그가 잠꼬대를 했을 때. 그리고 이번에는 친구의 애인으로서.

모두 줄리에타 자신이 아닐 때뿐이었다.

어쩌면 스테판은 줄리에타를 그에게 어울리는 귀족의 딸이라고 생각하고 있는 것은 아닐까? 그러나 진짜 줄리에타는 그에게 주워져서 이 저택에 온 단순한 고용인일 뿐이다. 그것을 알면 스테판은 지금처럼 뜨거운 시선으로 줄리에타를 보는 일은 없을 것이다.

속인 것을 알면 경멸할 게 분명했다.

눈앞의 여자가 줄리에타라고 눈치채기 전에 이 자리를 떠나지 않으면 안 된다.

하지만 안 된다고 스스로도 알고 있는데, 두 번 다시 영원히 찾아오지 않을 이 행복에서 벗어나고 싶지 않아서 진심으로 저항할 수가 없었다.

"……하아…… 읏…… 하아……."

아랫입술이 살짝 깨물리자 짜릿짜릿한 저릿함이 몸에 퍼졌다. 가냘픈 어깨를 떠는 줄리에타를 당긴 스테판은 각도를 바꾸어 키스를 했다. 미끈거리는 뜨거운 혀가 치열과 볼 뒤쪽의 점막을 핥았다.

"응으…… 읍."

소리를 죽이려고 하는데, 뜨거운 숨결이 코에서 새어 나와서 신음 소리가 입을 통해 나올 것 같았다.

숨이 괴로워서 줄리에타가 몸을 움직였지만, 스테판은 그녀의 욕정을 부채질하며 격렬한 키스를 계속했다. 혀가 뒤엉켜질 때마다 오싹오싹한 떨림이 등에까지 퍼져갔다.

그리고 줄리에타가 숨을 드문드문하게 쉴 무렵, 겨우 입술이 떨어졌다.

스테판은 젖은 그녀의 입술을 손가락으로 훑고 입꼬리를 쪽 핥아 올렸다.

그가 원한다면 어떤 것이라도 바치고 싶다고 빌고 있었다. 그러나 모든 것을 갖춘 완벽한 그에게 줄리에타가 줄 수 있는 것 따위는 없었던 것이다.

지금이라면 그녀의 소원이 이루어질 게 틀림없었다.

“그러나 네가 느끼는 거라면 설령 거절하는 척을 해도 놓을 생각은 없어.”

딱 잘라 단언하는 목소리에 줄리에타는 망설임이 생겼다.

스테판이 원하고 있는 것은 줄리에타 자신이 아니다.

가공의 여성이다.

지금이라면 아직 늦지 않았어.

스테판이 눈앞의 여성이 줄리에타라고 눈치채기 전에 빨리 이 자리에서 떠나지 않으면 안 된다.

“무서운 건가…….”

무섭지 않다. 그가 주는 것이라면 어떤 것이라도 상관없다.

줄리에타가 무서운 것은 행위가 아니었다. 스테판이 모든 것을 알면 미움 받게 될 사실이 눈에 보이기 때문이었다.

“……읏!”

머리를 가로젓고 감미로운 유혹을 뿌리쳤다. 줄리에타는 갑자기 일어서서 다시 도망치려고 했지만, 그를 등지고 무릎 위로 앉는 자세로 다시 당겨져 버렸다.

"어디에도 안 보내."

어린아이를 안는 듯한 자세다. 그러나 지금부터 행해지는 일은 전혀 다르다.

"내가 싫은가?"

스테판을 싫어하다니, 그럴 리가 없었다. 이 세상이 멸망한다 해도 말도 안 되는 일이다.

줄리에타는 작게 고개를 가로젓는 것으로 그의 질문을 부정했다.

"……그럼 달리 생각하는 남자라도?"

목소리는 낼 수 없다. 줄리에타는 작게 고개를 가로저어 대답했다.

"……누구의 것도 아니구나……."

이번에는 살짝 고개를 끄덕였다.

"이런 상황에서 그런 대답을 하면 내가 기회로 삼을 수 있어."

스테판은 쿡쿡 웃어 보였다. 몸이 바짝 다가오고 그의 몸에 감긴 조금 달콤한 향수 냄새가 풍겨서 체온이 더욱 올라가는 기분이 들었다.

귀까지 빨개진 줄리에타의 귓구멍에 스테판은 입술을

댔다.

“붉어지고 있는 듯한데……. 네가 나를 좋아한다고 생각해도 문제는 없겠지?”

스테판의 무릎 위에서 딱딱하게 앉아서 고개를 숙인 줄리에타에게 그는 더욱 추궁했다.

“대답은?”

줄리에타는 스테판을 좋아했다.

처음 만났던 그날부터. 설사 그가 자신을 여동생이나 딸로만 생각하고 있는 것을 알고 있어도.

“좋아. ……그럼 만져도 문제는 없겠어.”

대답도 하지 않았는데, 멋대로 납득하고 스테판은 뒤에서 그녀의 몸을 안아왔다.

“……읏?!”

줄리에타가 눈을 크게 뜨는 사이에 허리 주변에 묶은 드레스의 리본이 풀렸다.

“……그…… 읏.”

부끄러움에 몸을 움직였지만, 강인한 그의 팔은 줄리에타를 놓으려고 하지 않았다.

그러기는커녕 거절의 말은 듣지 않겠다는 듯이 얼굴을 기울여 옆에서 입술을 빼앗았다.

“응…… 으…… 읏. 응…… 읍, 응응…… 읏.”

최소한의 저항으로 등을 흔들었지만, 점차 드레스가 벗

겨져 갔다.

드러난 코르셋에서는 봉긋한 가슴이 흘러나오고 있었다.

"응! 응……!"

부끄러움에 줄리에타는 발버둥을 쳤지만 그의 손은 멈추지 않았다.

그리고 갑자기 뒤에서 뻗어온 그의 손이 부드러운 가슴을 감싸 올렸다.

"……싫어…… 응. 부끄러…… 워요. ……읏."

움찔 몸이 떨리는 것과 동시에 그의 입술이 떨어졌다. 그러자 충동적으로 죽이고 있던 소리를 내버렸다.

"귀여운 목소리군."

말을 했는데도 스테판은 줄리에타라고 깨닫지 못한 모습이다.

요염함을 품은 신음 소리가 섞인 목소리가 되어버린 탓일지도 모른다.

"좀 더 들려주지 않을래?"

그대로 스테판의 긴 손가락이 움직이며 줄리에타의 봉긋한 가슴을 주무르기 시작했다.

"응…… 응……."

두 번 다시 말을 하지 않겠다고 줄리에타는 자신의 손으로 입을 막았다.

그리고 붕붕 머리를 가로젓고 소리를 내는 것을 거부했다. 그러나 스테판의 손가락 사이로 발그레한 돌기가 문질러지자 움찔움찔 몸이 떨리고 목 안에서 신음 소리가 새어 나올 것 같았다.

"매일 밤, 누군가에게 만지게 하고 있는 것처럼 민감한 몸이군."

그 말에 호흡하는 듯이 줄리에타의 발그레한 돌기가 딱딱하게 뾰족해졌다.

그러나 이런 식으로 누군가에게 몸이 만져지는 것은 맹세코 처음이었다.

줄리에타는 슬프게 얼굴을 일그러뜨리고 필사적으로 아니라고 호소하려고 했다.

설령 자신이라고 알아주지 않아도 스테판에게 오해받고 싶지 않았기 때문이었다.

"누구에게도 만지게 하지 않은 건가?"

그러나 단단하게 솟은 돌기가 잡히고 손가락 끝으로 빙글빙글 비벼져서 부정이 아닌 신음 소리가 새어 나오고 말았다.

"하아…… 응…… 으응…… 으……."

부들부들 몸을 흔들며 쾌감을 견디려고 했지만, 스테판의 손가락은 집요하게 가슴의 돌기를 계속 괴롭히고 있었다.

"그러면 모르는 사이에 누군가가 네 몸을 원해서 방에 몰래 숨어들어 왔을지도 모르지."

줄리에타는 매일 밤 문을 잠그고 잠들었다. 게다가 옆방은 주인인 스테판의 것이다. 소리를 내면 그가 눈치챌 것이 분명했다.

"……어…… 없…… 으…… 니까…… 아……."

기어드는 목소리로 그렇게 호소하자 그가 호를 그리는 듯이 봉긋한 가슴을 주물렀다.

그리고 손가락 사이에 끼어진 돌기가 문질러졌다.

"흐…… 앗. 아앙…… 아, 아아……."

이제 소리를 죽이는 것은 불가능했다. 부풀어 오른 가슴의 돌기에서 욱신거리는 짜릿함이 줄리에타의 몸을 누볐다.

"그런가? 그러면 태어났을 때부터 가지고 있던 소질인 건가?"

스테판은 달콤한 색을 머금은 목소리로 속삭이고 손가락 사이에 낀 돌기를 위아래로 훑기 시작했다.

"이것 봐. ……내 손에서 좋은 상태로 되고 있어."

느끼기 쉬운 돌기가 당겨지고 부드러운 가슴이 음란하게 모양을 바꿨다.

"응…… 읏, 응응."

집요한 애무에 몸을 비트는 줄리에타의 귓불에 스테판은

입술을 대었다.

"좋은가? 만져지는 것이."

그리고 낮은 목소리로 속삭였다.

부끄러운 말이 던져져서 수치심에 더욱 얼굴을 붉히고 있자 스테판은 혀로 귓바퀴를 간질였다. 간지러움에 망측한 교성을 지를 뻔한 것을 직전에 참았다.

"응, 크윽……!"

몸 안이 뜨거워서 견딜 수 없다. 높아져 가는 체온에 온몸의 피가 들끓고 있는 것은 아닐까 의구심이 들 지경이었다.

"……이렇게 하면."

스테판이 빙글빙글 돌기를 주물럭거려서 줄리에타는 몸을 경련하고 말았다.

"작은 몸이 떠는군. 혀로 굴려볼까?"

더 이상의 애무에는 견딜 수 있을 것 같지도 않았다.

"안…… 돼…… 읏. ……이제…… 무리예요……."

충동적으로 호소하자 스테판은 쿡쿡 웃어 보였다.

"겨우 얘기를 들어줄 마음이 된 건가?"

그리고 민감한 귓바퀴에 뾰족이 내민 혀를 넣고 질척질척 소리를 내며 핥기 시작했다.

"……응. 아, 아아…… 앗."

스테판의 뾰족한 혀가 그녀의 귓바퀴 안쪽을 간질였다.

그때마다 어깨를 움츠리지 않을 수 없을 정도의 쾌감이 퍼져갔다.

"흐아…… 앗."

가슴을 애무당하면서 귀까지 괴롭혀져서 줄리에타는 어깨를 흔들었다. 열심히 희열에 견디려고 했지만, 자연히 눈동자가 촉촉해져 버렸다.

"좀 더 기분 좋게 하면 나와 얘기를 해줄 건가?"

얘기 따위 할 수 있을 리가 없다. 그의 애무로 윤기를 띤 음성이 되어버렸기 때문에 아직 들키지 않은 것 같지만, 얘기를 하면 그녀가 누구인지 알아채 버릴 것이 분명하기 때문이다.

줄리에타는 대화를 거절하는 듯이 떨리는 손으로 다시 입을 막았다.

"부끄러워하는 모습은 매우 사랑스럽지만…… 안달이 나서 심한 짓을 하고 싶어져."

스테판은 그렇게 말하고 그녀의 귓바퀴를 살짝 깨물었다.

그리고 삐친 말투로 물었다.

"나를 부채질하며 즐기고 있는 건가?"

처음 몸에 주어지는 희열에 견디는 것만으로 고작이었다. 스테판을 농락할 여유 따위 줄리에타에게 있을 리가 없었다.

"그렇지 않…… 아…… 앗."

목젖을 떨면서 몸을 뒤로 젖히고 줄리에타는 필사적으로 호소했다.

"좀 더 소리를 내게 하는 방법이 있어. 시험해 볼까?"

스테판은 의미심장하게 그렇게 말했다.

무엇을 할 생각인지, 줄리에타는 불안해서 미간을 좁히며 얼굴을 찌푸렸다.

그러자 그는 줄리에타의 귓바퀴에 혀를 밀어 넣으면서 동시에 드레스를 들춰 올렸다.

"아…… 앗."

레이스가 겹쳐진 페티코트도 들춰 올려지고 아래에 입고 있던 속옷이 드러나게 되었다.

남자 앞에서 속옷을 보이다니 부끄러워해야 할 행위다.

그러나 동요에 몸을 경직시킨 그녀를 안중에도 두지 않고 스테판은 얇고 하얀 속옷의 중심에 손가락을 뻗기 시작했다.

"……앗! ……여, 역시…… 읏."

줄리에타는 전율을 숨길 수 없었다.

스테판의 팔을 뿌리치고 충동적으로 도망치려고 했지만, 강한 팔에 꽉 안겨서 역시 꼼짝도 할 수 없었다.

"얌전히 있어."

움찔 몸을 떨고 얼굴을 살짝 옆으로 기울였다. 그러나 스테판의 모습은 보이지 않았다.

불안감에 몸이 굳어 있자 긴 손가락이 아랫도리의 중심을 쓰다듬기 시작했다.

"여기가 젖어 있는 걸 알겠어? 너는 내 손으로 느끼고 있어."

비부에 천이 비벼져 갔다. 민감한 곳이 더듬어지고 축축하게 젖은 천의 감촉이 전해져 왔다.

"음란한 꿀로 속옷이 이렇게나 젖어서 달라붙어 있어."

줄리에타는 손가락을 떼어주길 원해서 허리를 흔들었다. 그러나 그 행동은 마치 좀 더 해달라고 강요하고 있는 듯한 모습으로 보였다.

도망칠 수도 없어서 천 너머로 민감한 곳이 계속 문질러지고 있다.

"……크…… 응! 싫어…… 아……."

이제 놓아주길 원해서 비난하는 듯한 소리를 내자 스테판은 땀에 젖은 어깨에 얼굴을 묻으면서 속삭였다.

"네 몸은 나를 받아들이려고 하고 있는 거야. ……도망치려고 하지 말고 마음도 솔직해지지 않을래?"

그리고 미끈거리는 혀로 피부를 핥았다. 간지러움에 어깨를 움츠리고 움찔움찔 몸을 떠는 줄리에타를 스테판은 상냥하게 타일렀다.

"나는 어린애가 아니니까. ……제멋대로인 욕망을 부딪

쳐서 탐하는 짓은 하지 않겠다고 약속하지. ……믿어주지 않을래?"

그것은 스테판이 다양한 여성을 안아왔다는 의미로 들리는 말이었다.

듣고 싶지 않아서 귀를 막고 싶어졌다.

그러나 그 이상으로 누구에게도 그를 넘기고 싶지 않아서 가슴 안쪽이 괴로워져 갔다.

"흐…… 읏. ……크…… 읏."

울 것 같은 것을 참고 있자 스테판이 의아하다는 듯이 물었다.

"뭔가 불만이라도?"

이대로라면 거절이라고 받아들여서 그는 행위를 멈출 게 분명했다.

"……믿으…… 니까요……."

부디 만져 주세요.

그러나 부끄러운 나머지 그런 음란한 말을 할 수는 없었다.

줄리에타는 단지 고개를 숙인 채로 귀까지 붉어져 버렸다.

"아아. 느껴 버린 것이 부끄러운 건가……."

스테판은 그렇게 중얼거리고 사랑스러워 못 견디겠다는 듯이 그녀의 목덜미에 입을 맞추었다.

"걱정할 필요는 없어. 여자라면 이렇게 되는 게 당연하다."

천 너머로 응어리진 민감한 곳을 잡고 빙글빙글 손가락으로 문질러 갔다.

"흐앗. 싫어…… 아앗…… 응응……!"

줄리에타가 움찔 크게 몸을 흔들자 한쪽 손으로 잡힌 채였던 가슴을 부드럽게 주물렀다.

음란한 신음 소리가 견디지 못하고 입술에서 새어 나왔다. 부끄러움에 손으로 입을 막으려고 했지만, 스테판은 그녀의 팔을 잡고 그것을 저지했다.

"좋아하는 만큼 달콤한 소리를 내며 느끼고 있으면 돼."

그리고 더욱 요염한 움직임으로 봉긋하게 굳어진 민감한 곳을 계속 괴롭혔다.

"이렇게 아름다운 꽃을 처음으로 꺾을 수 있는 사람이 나여서 영광으로 생각해."

축축한 입구에서 끈끈한 액체가 흘러나왔다. 부끄러움에 다리를 오므리려고 했지만, 그의 손을 더욱 끼워 넣는 결과밖에 되지 않았다.

그리고 그가 천 너머로 입구를 간질이기 시작했다.

"굉장히 돋우는 냄새가 나. 너의 냄새야."

숨이 막힐 정도로 꿀의 냄새가 풍기고 있었다. 음란한 냄새를 들켜서 줄리에타는 입술을 깨물었다.

"이성이 무너질 것 같아."

그가 욕정에 가득 찬 목소리로 속삭이는 바람에 줄리에타는 불안감에 몸을 경직시켰다. 그러자 스테판은 작게 웃었다.

"……괜찮아. 아마도."

아마도…… 라는 것은 보증하지 않겠다는 불안정한 약속이지 않은가.

걱정스러워진 줄리에타가 뒤를 돌아보려고 했을 때였다.

스테판의 손가락이 속옷의 끈을 풀고 배를 쓰다듬으면서 아랫도리의 중심으로 손을 뻗어갔다.

"무…… 무슨……."

그가 수풀 안쪽에 숨겨진 민감한 곳을 손가락으로 직접 괴롭히기 시작했다.

부끄러운 곳을 처음으로 남에게 만져지자 줄리에타는 너무 수치스러워서 졸도할 것만 같았다.

"……싫어…… 읏, 그…… 만."

울 것 같은 소리를 냈지만, 스테판의 손은 멈추지 않았다.

"여기가 딱딱해져 있는 것을 알겠어?"

축축한 꿀을 문질러 바르는 듯이 포피를 벗기고 민감한 곳을 주물럭거렸다.

빙글빙글 호를 그리는 듯이 애무당할 때마다, 줄리에타의 몸은 움찔움찔 펄떡거렸다.

"여자도 느끼면 서. 남자와 똑같이 말이지."

그때.

엉덩이 근처에 단단한 감촉이 닿고 있다는 것을 깨닫고 줄리에타는 숨을 삼켰다.

그것은 스테판의 욕망이었다.

줄리에타의 몸을 만지고 있는 것만으로 그도 욕망을 키우고 있었다는 증거다.

"간질이면 기분 좋지?"

그는 줄리에타의 몸을 끌어당겨서 뒤에서 단단하게 선 그것을 엉덩이의 틈새에 밀어 붙여왔다.

"……싫…… 싫어…… 엇. 응…… 읏, 응응……."

빙글빙글 현기증이 나기 시작했다.

지금까지 주어진 적이 없는 희열과 음란한 상황에 어떻게 해야 할지 알 수 없었다.

"하…… 아……. 하읏…… 읏."

숨을 흐트러뜨리면서 몸을 흔드는 줄리에타를 스테판은 더욱 희롱해 갔다.

돌기를 문지르며 부드러운 가슴을 주무르고, 동시에 그곳의 안쪽을 괴롭히는 감촉에, 쾌감에 익숙하지 않은 줄리에타는 머릿속이 뿌옇게 되기 시작했다.

"……앗, 이…… 제…… 읏……."

몸 안쪽에서 무언가가 흘러나올 것 같은 충동을 느끼고 있었다.

고개를 젖히면서 달콤한 소리로 호소하자 스테판이 그녀의 귀 뒤쪽을 할짝 핥았다.

"왜 그래? 좀 더 원하는 거야?"

그가 누르면서 강하게 그곳을 문지르자 짜릿한 감각이 솟구쳐 올라왔다.

"아…… 니…… 아, 아앗."

아니야. 그렇게 말하고 싶었다. 그러나 말로 하면 이번에야말로 들켜 버릴지도 모른다.

"응…… 읏, 응응."

목 안쪽에서 소리를 죽이고 필사적으로 신음 소리를 견디는 줄리에타의 그곳을 더듬고 스테판은 드디어 입구에까지 손가락을 뻗어갔다.

축축하게 젖은 구멍에 도달하자 그는 미끈미끈한 꿀을 발라서 안쪽으로 긴 손가락을 밀어 넣었다.

"……아…… 앗."

움찔 몸이 떨렸다.

"이 정도로 젖어 있으면 안까지 넣을 수 있어."

뜨겁게 젖은 입구를 열고 질척질척한 소리를 내며, 손가락을 휘젓기 시작했다.

"이것 봐, 내 손가락이 어디까지 들어갔는지 알겠어?"

꿈틀대는 젖은 내벽을 문지르고 안쪽에서 줄리에타를 괴롭히면서 스테판이 물었다.

"……싫어…… 아아…… 앗."

스테판의 얇은 손가락이 위아래로 움직일 때마다, 손바닥으로 민감한 곳이 비벼져서 격렬한 쾌감이 온몸을 누비고 다녔다.

"싫어? 어째서지? 아프지 않잖아. 아직 하나밖에 들어가 있지 않아."

손가락 마디로 뜨겁게 젖은 내벽이 문질러졌다. 내벽에 단단히 물려진 손가락의 감촉에 줄리에타는 농락당할 뿐이었다.

그리고 손가락이 하나 더 들어갔다.

"이걸로 두 개다."

질척질척 손가락을 움직이면서 좌우로 억지로 벌리자 음란한 점액이 밖으로 흘러나왔다. 그러자 비부를 따라 엉덩이까지 꿀이 흘러내렸다.

그 약간의 감촉에조차 줄리에타는 움찔움찔 몸을 펄떡거렸다.

"흣, 응…… 으응응……."

입구가 벌어질 때마다 공기가 들어가서 음란한 물소리가 커져갔다.

귀를 막고 싶어서 견딜 수 없었지만, 그런 여유 따위 줄리에타에게는 없었다.

"……응아, ……하아…… 으응."

달콤한 쾌감에 휩싸여 몸부림치는 그녀를 당겨 안고 스테판은 심술궂게 응어리진 돌기를 잡고 손가락 마디로 문질러 갔다.

"시, 싫어…… 앗. 이 이제……."

더 이상의 쾌감을 감수하는 것은 무리라고 줄리에타는 소리를 냈다.

"괴로워 보이는군."

그러자 스테판은 그녀의 몸을 안아 올려 부서질 세라 상냥하게 옮겨 갔다. 그리고 온실에 있는 테이블 위에 살며시 내려놓았다.

"예의범절에는 맞지 않지만, ……너는 오늘 밤 나의 디저트니까. 문제는 없겠지."

줄리에타는 디저트 따위가 아니다.

그런데 스테판은 달콤한 과자처럼 말하고, 과실과 같은 입술을 핥았다.

"……아…… 니…… 앗."

투명한 바다처럼 푸른 눈동자를 눈앞에 두자 부끄러움이 더 솟아올라 왔다. 계속 음란한 손놀림으로 줄리에타를 만지고 있는 것이 스테판이라고 생각하니, 그것만으로 현기증이 날 것 같았다.

“아무 차이도 없어.”

그렇게 말하고 스테판은 줄리에타의 입술에 입을 맞추고 젖은 혀로 그녀의 혀를 얽어맸다.

떨리는 혀 위가 문질러지고 강하게 빨아들여질 때마다, 짜릿짜릿함이 목 안쪽에까지 전해져갔다.

“이렇게나 달콤하게 혀를 녹게 해.”

녹을 것 같은 것은 줄리에타 쪽이었다. 스테판의 혀와 손가락에 매혹되어, 퐁듀가 된 초콜릿처럼 모양을 잃게 되고 말았다.

“네 전부를 삼켜 버리고 싶을 정도야.”

스테판은 땀이 배인 그녀의 목덜미에 얼굴을 묻고 하얀 목을 물었다.

“……앗!”

젖은 혀가 피부를 기어올라서 줄리에타는 움찔 몸이 굳어졌다.

“굳어지지 않아도 돼. 깨물지 않아. 혀끝으로 충분히 맛볼 생각이야.”

그리고 끈적끈적한 혀로 꼼꼼하게 피부를 더듬어갔다. 쇄골과 가슴 부근을 빨아올린 후 봉긋한 가슴에 도착하자, 그는 단단하게 부풀어 오른 돌기를 머금었다.

“하…… 앗. 응아…… 아아…….”

민감한 돌기가 핥아져서 줄리에타는 간지러움과 짜릿함에 밤색 머리카락을 흔들고 말았다.

"크…… 응…… 으읏. 하아…… 하아…… 앗."

강하게 빨리고 혀끝으로 돌기가 굴려질 때마다, 몸부림치는 것을 멈출 수 없었다.

"느끼기 쉬운 가슴이야."

테이블 위의 불안정한 곳에서 헐떡거리는 줄리에타의 손을 잡고, 스테판은 젖은 혀로 손가락을 입술에 머금고 사타구니까지 훑기 시작했다.

"……싫…… 앗."

그의 입안의 열기에 줄리에타의 체온이 더욱 올라갔다.

"간지러…… 워요……."

부끄러움에 손을 빼자 이번에는 허리가 잡히고 간신히 허리에 감겨 있던 코르셋이 완전히 벗겨졌다.

그리고 땀범벅인 복부에까지 그의 혀가 기어가 무방비한 배꼽에 밀어 넣었다.

"싫…… 싫어…… 앗."

온몸의 힘이 빠질 것 같은 쾌감이 퍼지고, 줄리에타는 봉긋한 가슴을 흔들어버렸다.

"목덜미도 배꼽도 손가락도…… 전부 느끼는 건가?"

스테판이 쿡쿡 웃고 줄리에타는 새빨갛게 되어갔다.

부끄러워서 견딜 수 없었다.

이렇게 음란한 몸을 하고 있다니, 그가 질려 버릴 게 분명하다고 생각했기 때문이다.

"……미안…… 합……."

떨리는 입술을 움직여서 줄리에타는 기어드는 목소리로 사과했다.

"너를 비난하고 있는 게 아니야, 단지."

이어지는 말을 그녀는 숨을 삼키며 기다렸다.

"……네 모든 것에 닿아버리고 싶어졌을 뿐이야."

그렇게 말하고 그는 속옷을 끌어내리고 드레스의 옷자락을 들쳐 올려 버렸다.

"……읏."

젖은 그곳이 그의 얼굴 앞에 드러나서 몸이 부들부들 떨리는 것을 멈출 수 없었다.

"무슨 짓을 당할지 불안해 보이는군."

스테판은 줄리에타의 다리를 잡고 입꼬리를 올려 미소를 지었다.

"가르쳐 줄까?"

아무것도 예측할 수 없는 건 아니다. 하지만 입 밖으로 꺼내지 않기를 바랐다.

그러나 긴장에 몸이 굳어져 버려서 그 말을 막을 수 없었다.

스테판은 불안하게 그를 올려다보는 줄리에타의 다리를

안고 사랑스럽다는 듯이 무릎에 입을 맞추었다.

"이렇게 할 거야."

그리고 그녀의 아랫도리에 단정한 얼굴을 묻었다.

"앗……."

갑자기 부끄러운 곳에 얼굴을 묻어버려서 줄리에타는 단지 눈을 휘둥그레 뜰 수밖에 없었다.

경직되어 있는 사이에도 긴 혀가 뻗어 와서 그곳을 핥기 시작했다.

미끌거리는 혀가 단단하게 서 민감한 곳을 간질여 갔다.

"응! 앗, 아앗."

숨겨진 욕망을 파헤치는 듯이 요염하게 혀가 움직였다.

스테판의 뜨거운 혀로 짜릿하게 민감한 곳이 핥아질 때마다, 줄리에타는 입에서 음란한 교성이 나오는 것을 막을 수 없었다.

"……흐아…… 앗, 아, 아앗."

요염함을 띤 달콤한 신음 소리는 마치 남의 것처럼 귀에 닿았다. 몸을 비틀며 격렬한 희열을 견디고 있자 봉긋하게 부푼 민감한 곳이 핥아져서 줄리에타는 크게 몸을 펄떡거렸다.

"싫…… 앗, 아앙…… 아앗…… 읏."

흐느끼면서 눈동자에 눈물이 그렁그렁 맺히자 그곳에 뜨거운 숨결이 끼쳤다.

"싫지 않지? 음란한 꿀이 흘러나오고 있어."

그리고 타액을 뚝뚝 흘리는 혀가 좀 더 깊은 안쪽에까지 뻗어왔다.

"이제부터야."

음란한 꿀에 젖은 입구를 혀로 파헤치며, 스테판이 물었다.

"알겠어?"

알고 싶지 않았다.

그러나 이렇게나 음란한 행위를 하고 있는데도, 환호하듯 몸이 반응하고 있다는 것이 뼈저리게 느껴졌다.

"싫어…… 앗."

줄리에타는 아이가 보채는 것처럼, 겁에 질려서 고개를 가로저었다.

그러나 스테판은 속이는 것은 용서하지 않겠다는 듯이 젖은 입구에 손가락을 밀어 넣었다.

"너는 지금부터 이걸로 나를 받아들이는 거야."

손가락 하나가 두 개로 늘어나고 그리고 내벽을 잡아 늘리는 것처럼 한 손가락을 더 늘였다.

질척질척 소리를 내며, 들락날락하는 감촉에 동통이 섞여갔다.

"……이 손가락보다도 굵고 긴 것을 여기에 넣을 생각이야."

그 말에 줄리에타는 불안감이 일었다.

역시 할 수 없어…….

"무…… 무리…… 예요…… 읏."

두려움에 충동적으로 도망치려고 했지만, 스테판에게 다리가 안겨 있기 때문에 도망칠 수 없었다.

전율하는 그녀를 가만히 바라보며, 스테판은 미소를 향했다.

"잘 기억해두는 게 좋아. ……여기까지 남자를 부추기면 멈출 수는 없어."

상냥한 표정인데도 어딘지 위험한 색이 살짝 보인 기분이 들었다.

부들부들 떨리는 그녀의 눈앞에서 스테판은 벨트의 버클을 풀기 시작했다.

"그 몸으로 책임을 져."

그리고 바지를 벗어 던지고 흥분한 그것을 끄집어냈다.

"……앗!"

눈앞에 있는 것은 스테판의 기품 있는 모습에서는 상상도 할 수 없을 정도로 음란한 조형을 한 커다란 것이었다.

줄리에타는 놀란 나머지 소리도 내지 않고 그 자리에 경직되고 말았다.

"아아. 너는 처음 보는 거였지."

스테판은 그것에 자신의 손가락을 감고 줄리에타에게 물

었다.

"……만져볼래?"

순간 무슨 말을 들었는지 이해하지 못하고 굳어버린 후, 줄리에타는 부들부들 떨며 머리를 가로저었다.

평소에는 상냥한 스테판이 지금은 다른 사람처럼 심술궂게 굴고 있었다.

"후……. 귀여운 반응이군. 신선하고…… 가학심을 불러일으켜."

"……읏!"

그 말에 놀림 받았다는 것을 깨닫고 글썽거리는 눈으로 노려보려고 했을 때였다.

"이리 와."

그녀의 등에 팔을 두른 스테판이 덮쳐 와 몸을 끌어당겼다.

"나를 받아들여."

스테판의 따뜻한 가슴에 안기고, 그의 몸에서 풍기는 향수가 코끝을 간질였다.

달콤한 향기에 유혹되어, 넓은 가슴에 저도 모르게 매달릴 뻔했을 때.

단단한 그것이 그곳에 대어졌다.

"……앗."

줄리에타는 처음 하는 행위.

두려움과 당황함으로 눈을 꼭 감고 있자 팽창한 그것의 끝이 구멍을 가르고 내벽으로 밀고 들어오기 시작했다.

"응으으…… 읏. 하아…… 앗, 읏흐…… 으!"

우지직 구멍이 벌어지고 뜨거운 그것이 찔러 오르자 찢어질 것 같은 아픔이 아랫도리에서 퍼져 나갔다.

"히…… 앗, 으응…… 응응."

아픔에 움찔거리는 뿌리부터 타액이 솟아 나왔다. 그것을 필사적으로 삼켜 넘기면서 통증을 견뎠지만, 도망치는 듯이 허리가 빠지고 말았다.

"소중하게 안아줄 생각이었지만, 역시 아픈가? ……미안해."

안에 강하게 물린 탓인지 스테판이 쉰 목소리로 속삭였다.

그러나 꿈틀대는 몸을 경련시키면서 열심히 행위를 견디고 있는 줄리에타는 대답할 수가 없었다.

"나에게 팔을 둘러. 힘을 빼주겠어?"

"이…… 앗, 무리…… 예요…… 읏."

한시라도 빨리 끝내주길 바라서 매달리는 듯이 그의 넓은 가슴에 달라붙었다.

힘 따위 뺄 수 있을 리가 없었다. 흐느끼면서 젖은 눈동자로 스테판을 올려다보자, 그는 사랑스럽다는 듯이 눈가에 입을 맞추었다.

"사랑스러운 눈동자가 흘러넘칠 것 같아."

그리고 줄리에타의 떨리는 입술을 겹치고 그녀의 아랫도리에 손을 뻗어갔다.

아픔에 오므라든 민감한 곳을 포피째 쓰다듬으며, 스테판은 그녀의 관능을 흔들려고 했다.

그러나 희열이 더해지자 스스로 허리를 흔들어 버려서 더욱 격렬한 동통에 휩싸였다.

"응…… 읏. 히…… 아…… 아, 아아앗. 거기, 싫어…… 앗. 만지지…… 마……."

몸부림치는 줄리에타의 아랫도리에서 손을 떼고 스테판은 달래는 듯이 볼에 입을 맞추었다.

"조금만 더 참을 수 있겠어?"

줄리에타는 눈물을 삼키고 부들부들 몸을 떨면서 작게 고개를 끄덕였다.

"착하다."

스테파은 그녀의 몸을 덮고 입술을 막아, 맞물리지 않은 치열을 가르고 혀를 집어넣었다.

그리고 입안이 쭉쭉 음란한 물소리를 내며 휘저어져 갔다.

"……흐아…… 앗, 아……."

펄떡이는 몸이 얼싸안겨 체온에 감싸였다. 열이 더욱 솟구쳐 올라서 줄리에타는 체온이 높아져 가는 기분이 들었다.

뜨거워서 어쩔 줄 모르겠다. 그러나 스테판에게서 떨어지고 싶지 않았다.

조금의 틈도 없을 정도로 옆에 있고 싶어서 견딜 수 없다.

줄리에타는 스테판의 몸에 꽉 매달리며 격렬한 입맞춤에 응했다.

"응…… 으응……. 아흐……."

혀를 서로 뒤엉키고 몇 번이나 각도를 바꿔 키스를 한 후에 살며시 입술을 뗐다. 그리고 스테판은 사랑스럽다는 듯이 줄리에타에게 말했다.

"사랑해. 부디 내 신부가 되어줘."

갑작스러운 일에 줄리에타는 망연할 수밖에 없었다.

"대답을 들려주지 않겠어?"

스테판은 오해하고 있다. 눈앞에 있는 사람은 그의 고용인인 줄리에타다.

공작으로서의 지위에 어울리는 혈통 같은 걸 갖고 있지 않은 줄리에타가 그의 아내가 될 수 있을 리가 없는데.

"……읍!"

굳게 입술을 다물고 괴로운 듯이 얼굴을 일그러뜨리고 있자 다시 입술이 겹쳐졌다.

닿고 바로 떨어진 상냥한 감촉에 줄리에타는 더욱 울 것 같이 되어버렸다.

"아아. 지금은 그런 여유는 없는 것 같군. ……천천히 생각해 줘. 나는 반드시 너를 행복하게 해줄 거야."

그의 옆에 있을 수 있는 것도 이것이 마지막이다.

두 번 다시 이런 신분에 어울리지 않는 모습으로 스테판의 앞에 모습을 나타낼 생각은 없었다.

로렌스에게 협박당하는 일도 없도록, 스테판을 향한 마음도 포기해야만 한다. 이제 두 번 다시, 이런 식으로 안기고 입술에 키스를 당하고 사랑의 속삭임을 듣는 일은 오지 않는데.

"……흣."

흐느낌을 참는 줄리에타를 스테판은 걱정스러운 듯이 살펴보았다.

"왜 그래? ……아파?"

달래는 듯이 살며시 등이 쓰다듬어졌다. 그 기분 좋음에 눈물이 흐를 것 같았다.

"이렇게 있으니까, 마치 어린아이 같군. ……이렇게나 음란한 몸을 하고 있는 주제에."

음란한 몸이라고 비웃음 당하고 있는 기분이 들어서 더욱 울고 싶어졌다.

비통한 표정으로 줄리에타가 올려다보자 스테판은 쓴웃음을 지었다.

"나쁜 의미가 아니야. ……사랑스럽다고 말하고 있어."

스테판은 그녀의 부드러운 볼에 닿은 밤색 머리카락을 어루만지고 관자놀이에 입을 맞춘 후, 쉰 목소리로 물었다.

"조금만 더, 괜찮아……?"

줄리에타의 그곳 안에 묻고 있는 흥분한 욕망을 참고 있던 스테판이었지만, 이제 한계가 온 것 같았다.

떨면서 고개를 끄덕이자 스테판이 천천히 움직이며 허리를 다시 놀리기 시작했다.

"……아…… 하아…… 앗, 아아……."

스테판의 것에 내벽이 문질러져서, 그녀는 붉은 입술을 떨면서 괴롭다는 듯이 헐떡거렸다.

단단하게 부풀어 오른 그것이 안까지 찔러 들어오자 줄리에타의 봉긋한 가슴이 크게 출렁거렸다.

"……좋은 광경이야."

스테판이 훗 하고 웃자 줄리에타는 부끄러움에 더욱 눈동자를 글썽거리고 손으로 가슴을 가렸다.

그러나 스테판은 가리는 것은 용서하지 않겠다는 듯이 그녀의 팔을 좌우로 벌렸다.

뾰족하게 일어선 돌기의 끝을 보이고 싶지 않아서 싫다는 듯이 머리를 가로저었지만, 스테판은 허락해 주지 않았다.

"더 이상 나를 이상하게 만들어서 어쩔 셈이지? 정말이지 너는."

이상해져 버리고 있는 사람은 줄리에타 쪽이었다.

안 된다고 알고 있었는데도 스테판에게 매달리는 듯한 짓을 하고 말았다.

게다가 좀 더 살을 맞대서 문지르고 싶다고 계속 바라고 있다.

스테판은 드러난 가슴의 돌기를 입에 머금고 뜨거운 혀로 핥아 올린 다음, 세게 빨았다.

"앗…… 응으응…… 읏, 흐응응…… 앗."

몸부림치는 듯이 줄리에타가 허리를 흔들자 스테판의 것이 쑥 빠져나갔다.

오싹할 정도의 희열에 소리를 죽일 수가 없었다.

"……으…… 읏, 하, 아…… 응응."

멈추지도 않고 음란한 신음 소리를 흘리기 시작한 줄리에타의 다리가 안기고 스테판의 허리가 더욱 빨라져갔다.

"사랑스러운 네가 그런 표정을 지으면 원하는 대로 흔들고 싶어져."

허리를 흔들면서 그렇게 중얼거리고 스테판은 그녀의 손을 놓고 대신에 경련하는 다리를 안아 벌리게 했다.

"싫…… 앗, 아앙……."

더 이상 강하게 흔들린다면.

통증과 쾌감으로 망가져 버린다는 기분이 들었다. 눈물로 얼룩진 눈동자를 향하자 스테판은 활짝 웃어 보였다.

"오늘은 격렬하게 하지 않아. 안심해."

스테판은 거짓말을 하지 않는다. 그를 깊게 믿고 있는 줄리에타는 경직되어 있던 몸의 힘을 뺐다.

그러나 스테판의 요염한 시선이 줄리에타를 향하고 쉰 목소리로 속삭였다.

"그 대신, 다음에는 각오해 두는 편이 좋아."

다음 같은 건 없는데.

줄리에타는 두 번 다시 스테판을 배신하는 짓을 하지 않을 생각이었다.

귀족 아가씨 흉내 따위 내지 않고 고용인으로서 그를 모실 생각이다.

스테판과 서로 안을 수 있는 날 따위, 이제 오지 않는데.

"흐…… 읏."

슬픔을 참지 못하고 줄리에타는 세게 스테판의 어깨에 매달렸다.

"……겨우 나의 신부가 되어줄 마음이 들었어?"

스테판이 행복하다는 듯이 묻자 줄리에타는 굳게 입술을 다물었다.

아무리 바란다고 해도 그녀는 스테판의 아내는 될 수 없다.

그러나 팔을 두른 동작을 승낙이라고 생각한 스테판은 행복하다는 듯이 미소를 지었다.

"기뻐. 너를 반드시 행복하게 해줄게."

그렇게 말하고 그는 그것을 찔러 올리며 움직임을 빠르게 했다.

맥박치는 그것에 휘저어져서, 연결된 부분에서 꿀이 흘러나왔다.

내벽의 주름을 늘이면서 단단한 것이 질질 끌려 나왔다. 스르륵 빠져나가는 감각에 줄리에타는 안긴 다리를 경련시키고 말았다.

"흐읏, 응응아…… 앗!"

뒹구는 듯이 테이블 위에서 몸부림을 치는 몸을 스테판은 음란한 꿀을 윤활제로 사용하며, 그것으로 파고들어 갔다.

"……앗, 아앙…… 앗. 응…… 흐앗…… 아아…… 읏."

소리를 죽이는 일 따위 이제 불가능했다.

움직이는 스테판의 것과 함께 줄리에타는 부끄러운 교성을 계속 질렀다. 그리고 스테판의 팔 안에서 뜨겁게 녹아내릴 것 같아졌다.

"사랑해……."

두 번 다시 들을 수 없을 사랑의 말을.

그의 열기를.

다시는 잊지 않아. 그렇게 굳게 마음에 맹세하고 스테판에게 세게 팔을 두르고 있었다.

줄리에타는 땀이 배인 몸을 흔들고 크게 뒤로 젖히면서 관능의 소용돌이에 휩쓸려 갔다.

그리고 스테판이 내뿜은 뜨거운 물방울을 몸 안쪽 깊숙한 곳에 받아들였다.

*　　*　　*

스테판은 온실에 놓인 테이블 위에서 축 쳐져서 힘을 잃고 누워 있는 그녀를 살며시 흔들어 깨웠다.

"응…… 읏."

땀범벅인 몸이 요염했다.

다시 한 번 그 매혹적인 몸을 탐하고 싶은 충동에 휩싸였지만, 그 욕망을 꾹 참았다.

계속 원한다고 바라고 있던 것을 겨우 손에 넣은 것이다.

처음 만났던 그때부터 사랑에 빠져 버렸던 그녀를.

도망치려고 하는 그녀를 몰아붙여 처음인데도 비겁하게 이런 곳에서 몸을 여는 짓을 하고 말았다.

더 이상의 행위를 강요하면 미움 받을 거라는 건 눈에 보였다.

"조금 의식을 잃고 있었던 듯한데, 괜찮은가?"

그녀의 몸을 걱정하면서 말을 걸자 그녀는 흐트러진 드레스를 여미고 새빨갛게 되어 얼굴을 피했다.

순진한 반응이었다.

자신이 좀 더 어리석은 남자라면 그녀는 여기에서 다시 한 번 안겨도 이상하지 않을 게 분명했다.

그 정도로 사랑스럽다.

스테판은 껴안고 싶어지는 충동을 억누르고 그녀에게 속삭였다.

"그래도 모두 걱정하고 있을 게 분명하니까, 응접실로 돌아가지 않으면. ……일어설 수 있겠어?"

작게 고개를 끄덕인 그녀는 살며시 테이블에서 내려오려고 했다.

그러나 처녀막이 찢어진 아픔이 아직 이어지고 있는지 괴로운 듯이 입술을 깨물고 몸을 경직시키고 있다.

"조금 더 쉬고 있어도 괜찮아."

스테판이 의자를 당겨 앉히려고 했지만, 그녀는 머리를 가로저으며 거절했다.

눈앞에 벽이 만들어진 느낌이 들어서 괴로운 미소를 띠고 있자 그녀는 기어들 것 같은 목소리로 말했다.

"뒤를……."

아무래도 흐트러뜨린 드레스를 입는 사이에 스테판이 뒤로 돌아 있기를 바라는 것 같았다.

제대로 말하지 않으면 알지 못한다고 놀리고 싶어지는 것을 참은 스테판은 그녀에게 등을 돌렸다.

"아아. 좋아. ……조금 떨어져 있지."

그렇게 말하고 분수의 안쪽으로 향해 가자 뒤에서 달려 나가는 발소리가 들렸다.

"……앗."

스테판이 돌아보자 벗겨질 것 같은 드레스 차림인 채로 속옷을 팔에 안고 달려가는 그녀의 모습이 보였다.

그런 모습을 누군가에게 들킨다면 일을 치렀다는 것을 알아버릴 게 분명한데.

그래도 도망치고 싶어질 정도로 겁을 먹게 되었는지도 모른다.

뒤를 쫓을까 생각했지만, 눈물에 젖은 다갈색의 눈동자를 떠올리고 한숨을 쉬었다.

"마치 거품 같군."

예쁜 모습을 보였다고 생각하면 바로 그 모습을 지워 버린다.

그러나 이제 그녀는 스테판의 것이다.

결코 로렌스에게 양보할 생각은 없었다.

"……언제까지나 이 나에게서 그렇게 도망칠 수 있을 거라고는 생각하지 않는 게 좋아."

그리고 스테판은 손님들의 곁으로 향하기 시작했다.

귀족들의 잡담은 지루할 정도로 길다. 그녀는 신경을 쓰고 있는 것 같았지만, 아직 얘기는 계속되고 있을 게 분명했다.

제5장
천진난만한 거짓말

온실에서 도망친 줄리에타는 남들 눈을 피해서 고용인 전용 계단을 통해 자신의 방으로 도망쳤다.

그리고 드레스를 벗어 작은 책상 속에 속옷과 함께 감추고 메이드 옷으로 갈아입었다.

머리를 풀고 앞머리로 얼굴을 가리려고 했지만, 자국이 생겨 버려서 평소 머리 모양으로 잘 되지 않았다. 초조해진 그녀는 물을 뒤집어쓰듯이 해서 어떻게든 앞머리를 내렸다.

"……하아…… 하아……."

평소의 모습이 되자 그제야 숨을 쉴 수 있었다.

침대에 축 늘어져서 웅크리자 욱신욱신한 아픔이 아랫도리에서 올라오고 있다는 것을 깨달았다.

서두르고 있을 때는 너무 필사적이어서 눈치채지 못했지만, 몸에 스테판의 향수 냄새나 체취가 묻어 있는 것 같아서 견딜 수 없었다.

적어도 물을 끼얹어야 하는 것일까? 그러나 어서 일로 돌아가지 않으면.

로렌스가 데리고 왔던 파트너가 갑자기 스테판과 함께 사라진 것을 수상하게 여기는 손님도 있을 것이다. 하지만 더러워져 버린 드레스를 입을 수는 없었다.

게다가 고용인으로서 많은 일을 하고 있는 줄리에타가 없으면 동료들까지 이상하게 생각할 것이다.

그러나 지금은 로렌스가 평소처럼 교묘한 화술로 얼버무려 주고 있을 거라고 믿을 수밖에 없다.

그에게 나중에 무슨 말을 들을지 걱정됐지만, 적어도 일로 돌아가지 않으면…….

느릿한 움직임이 되어버릴 것 같은 몸을 억지로 일으키고 방 밖을 향해 문을 열었을 때였다.

"……읏!"

눈앞에 선 남자의 모습에 줄리에타는 숨을 삼켰다.

"주, 주인님! 어째서 여기에."

문 앞에 서 있던 사람은 노크하려고 하는 모습의 스테판이었다.

그도 갑자기 문이 열려서 놀랐던지 눈을 크게 뜨고 있다.

"고용인들이 네가 없다고 말하고 있는 것을 들어서 찾으러 왔어. 무슨 일이야, 줄리에타."

걱정스러운 듯이 바라보는 스테판은 틈 하나도 없이 깔끔한 모습이다.

아까 온실에서 그녀에게 음란한 짓을 했던 것으로는 전혀 보이지 않았다.

그는 언제나 그런 식으로 여자를 안은 후라도 주변에서 그것을 눈치채지 못하게 한 것이 분명했다.

그래서 로렌스와 쌍벽을 이룰 정도로 사교계에서 인기가 있어도 줄리에타는 몰랐던 것이다.

"줄리에타?"

방심한 채로 생각에 몰두하고 있던 줄리에타를 앞에 두고 스테판은 의아하다는 듯이 미간을 찌푸렸다.

"몸이 안 좋은 건가, 얼굴이 빨게……."

살며시 볼에 손이 뻗어와서 무심코 뒷걸음질을 쳐버렸다.

"아, 아니요. 괜찮습니다."

당황하려 얼버무리려고 했지만, 스테판은 더욱 추궁해왔다.

"열이 있지? 머리카락도 젖어 있어…… 그렇게 땀을 흘린 거야?"

줄리에타의 머리카락이 젖어버린 것은 머리카락을 평소의 상태로 돌리기 위해 물을 묻혔기 때문이다.

확실히 땀을 흘린 것은 틀림없었지만, 몸 상태가 나쁜 탓은 아니다.

"……물 주전자를 든 채로 넘어져 버렸을 뿐입니다."

스테판에게 거짓말을 하는 것은 주저되었다. 그러나 얼버무리지 않으면 아까의 여자가 자신이라는 것이 들켜 버릴지도 모른다.

필사적으로 말을 꾸며내자 스테판은 그녀를 침대로 데리고 갔다.

"열이 있으니까 넘어진 거잖아. 일은 됐으니까 쉬고 있어. 알겠지? 너무 괴로우면 의사를 부르겠……."

침대에 앉혀진 줄리에타는 서둘러 그것을 거절했다.

"정말로 괜찮아요."

스테판은 줄리에타를 침대에 눕게 하고 그리고 어깨까지 이불을 끌어 올렸다.

마치 어린아이에게 하는 듯한 행동으로 생각되었다.

그에게 딸이나 동생이 있다면 분명 똑같이 상냥하게 대해줄 것이다.

"그런가? 그러면 손님을 돌려보내고 바로 얼굴을 보러 오지. 그때까지 제대로 쉬고 있어. 알겠지?"

그렇게 당부를 하고 스테판은 걱정스럽다는 듯이 그녀를 몇 번이나 돌아보면서 만찬회의 손님들 곁으로 돌아갔다.

스테판에게 쉬라는 말을 들은 것은 행운이었다.

몸이 억지로 열린 탓에 날카로운 통증이 아직 남아 있어서 평소대로 걸을 자신이 없었기 때문이다.

그가 방을 떠난 후, 줄리에타는 욕실을 사용하여 몸의 땀을 씻어내고 네글리제로 갈아입었다.

이것은 스테판이 그녀에게 사준 것이었지만, 어깨가 크게 벌어져 있고 프릴이 달린 귀여운 디자인이었기 때문에 입는 것은 꺼려져서 한 번도 입은 적이 없었다.

그러나 오늘 밤만은.

스테판의 따뜻한 가슴의 감촉을 잊고 싶지 않아서 그 네글리제를 입기로 했다.

실크의 감촉은 매끄러워서 조금 간지러웠다.

그러자 줄리에타의 몸을 애무하는 그의 손을 떠올려 버리고 볼이 붉게 물들고 말았다.

"……자자……."

익숙하지 않은 드레스를 입고 계속 긴장하고 있던 탓인지 침대에 눕자마자 바로 졸음이 몰려왔다.

"……스테판님……."

눈을 뜨면 그에게 사랑받고 있던 것조차 잊어버려야만 한다.

자신에게 그렇게 타이르고 달콤한 꿈에 몸을 맡겼다.

*　　　*　　　*

"줄리에타."

목소리가 들린 기분이 들었다.

"응…… 음."

줄리에타의 이름을 부르는 스테판의 상냥한 목소리다.

그러나 기분 좋은 잠에서 눈을 뜰 수가 없었다.

이불에 파묻혀 잠을 자고 있자 그녀의 몸에 걸친 네글리제가 들춰 올려지고 봉긋한 가슴이 드러나게 되었다.

"……읏."

부끄러움에 몸을 비틀자 돌기가 꽉 잡혔다.

"오늘은 무리를 시켜서 미안했어."

그렇게 말하면서도 스테판은 손가락으로 문지르는 듯이 줄리에타의 발그레한 돌기를 애무해 갔다.

"응…… 읏, 으응……."

간지러움에 저릿함이 섞인 듯한 감각이 몸에 퍼졌다.

생생한 꿈이다.

아직 스테판과 함께 온실에서 안고 있던 여운이 사라지지 않은 게 틀림없었다.

"아직 아픈 거야……."

볼에 숨결이 닿을 정도로 얼굴이 다가왔다.

"하지만…… 괴롭지만은 않았지?"

낮고 달콤한 목소리로 속삭여서 몸을 꿰뚫린 동통이 떠올랐다.

스테판에게 안기고 있다. 그렇게 생각하는 것만으로 가슴이 벅찼다.

그리고 온몸이 환희로 들끓는 것 같았다.

음란한 몸 따위 하고 있지 않다. 그렇게 생각하고 싶은데 그의 손가락의 감촉을 떠올리는 것만으로 짜릿함에 빠져들어 갔다.

"네 귀여운 여기가 음란하게 떨리는 몸은 매우 훌륭했어. 지금도지만."

짓이기는 듯이 줄리에타의 뾰족하게 선 돌기가 괴롭혀졌다.

"……흐하…… 앗."

부추기는 듯한 신음 소리를 흘려버려, 줄리에타는 부끄러움에 숨을 삼켰다.

"응…… 으……."

그런 그녀를 내려다보고 스테판은 더욱 손가락으로 발그레한 돌기를 만지작거렸다.

"후후. 나의 귀여운 줄리에타."

그녀의 반응을 즐기는 것처럼 희미한 웃음소리가 귀에

닿았다.

"좀 더, 사랑하게 해주지 않을래?"

어쩜 이렇게 비참한 꿈일까?

고결한 스테판이 고용인인 그녀에게 사랑을 속삭이는 꿈은 꾸는 것조차 주제 넘는데.

안 된다는 걸 알고 있는데도, 가슴이 뛰어버렸다.

"……그 정도로는 부족해."

그렇게 말하고 스테판은 줄리에타의 가슴에 얼굴을 가까이 하고 뾰족하게 솟은 돌기를 입술로 물었다.

"하…… 앗. 아…… 으…… 응, 응응."

쪽 빨아올려져서 젖은 뜨거운 감촉에 그녀는 이불 위에서 몸부림을 쳤지만, 더욱 세게 물기 시작했다.

"……싫…… 앗, 아앙……!"

스테판은 짜릿한 감촉에 헐떡이는 줄리에타의 다른 한쪽의 돌기를 잡고 음란한 손놀림으로 문질러 갔다.

"나는 너를 이정도로 사랑하고 있으니까……."

집요하게 가슴을 애무한 후, 그는 몸을 뒤로 젖힌 그녀의 목에 얼굴을 가까이 했다.

"응. ……좋은 냄새야. 나는 너의 살 냄새가 좋아……. 좀 더……."

그리고 피부 위에서 흐르는 구슬땀을 끈적하게 혀로 핥아 올렸다.

간지러움에 고개를 움츠렸다. 그러나 스테판은 쇄골까지 혀를 기어갔다.

"다리를 벌려봐. 온실에서의 여운을 봐 줄 테니까."

스테판의 것이 내뿜은 뿌연 액체는 욕실에서 씻어냈다.

아무것도 남아 있지 않다.

그렇게 호소하고 싶은데, 생각처럼 말이 나오지 않았다.

"싫…… 하앗…… 앗."

어째서 이런 꿈을 꾸고 있는 것일까? 스테판은 그녀가 그가 사랑하는 여자라는 걸 모를 텐데.

분명 이것은 줄리에타의 바람인 것이다.

스테판이 진실을 깨달아도 그녀를 경멸하지 않고 아내로 맞아주지는 않을까 하는 비겁한 욕망의 표현이 분명했다.

"……미안…… 합니…… 앗."

흐느끼면서 사죄했을 때.

갑자기 잠에서 깼다.

"아……."

침대 주변을 둘러보았지만, 커튼을 닫는 것을 잊어버리고 있었기 때문에 달빛에 비쳐진 조용한 방이다. 스테판은 커녕 누구의 모습도 없다. 당연했다.

몸을 일으키자 끈적한 땀이 맺힌 것을 깨달았다.

가위에 눌렸던 탓이다.

다시 잠을 자기 위해 줄리에타가 몸을 눕혔을 때.

치골 안쪽에서 음란한 꿀이 새어 나왔다.

"……아…… 읏."

스테판이 사랑을 속삭이고, 그리고 그에게 만져진다는 음란한 꿈을 꾼 결과 아랫도리를 적셔 버린 어리석은 자신이 한심해서 눈물이 흐를 뻔했다.

"싫어…… 윽."

입술을 깨물어 소리를 죽였지만, 흐느낌이 새어 나오는 것을 막을 수 없었다.

그리고 스테판의 방으로 연결되는 문에서 주저하는 듯한 노크 소리가 들렸다.

"줄리에타."

걱정스러운 목소리에 무심코 줄리에타는 대답을 하고 말았다.

"네, 네."

그러나 대답하고 바로 잠들어 있는 척을 했어야 한다는 것을 깨달았다.

"들어갈게."

그리고 스테판이 모습을 나타냈다 그는 하얀 셔츠에 편안 바지 차림으로 손에 은색의 촛대를 들고 있다.

아무래도 그는 이런 늦은 시간까지 일어나 있었던 것 같다. 낮에 작은 책상 위에 서류가 쌓여 있던 것을 생각하면 일을 하고 있었던 것일지도 몰랐다.

"가위에 눌린 것 같은 소리가 들렸어. 괜찮아?"

그렇게 말하고 스테판은 줄리에타가 있는 침대 옆에까지 다가왔다.

"괘, 괜찮습니다……. 시끄럽게 해서 죄송합니다. 주인님."

죄송하다고 생각하면서 사죄를 하자 그는 쓴웃음을 지었다.

"나는 신경 쓰지 않아도 돼. 잠들어 있던 게 아니니까. 아직 안색이 안 좋구나."

촛대를 사이드 테이블에 두고 스테판은 그렇게 말하며 줄리에타를 침대에 눕혔다.

그리고.

"에……."

단정한 얼굴이 다가왔다.

입술이 닿을 것 같을 정도로 가까운 거리에서 그의 미모를 눈앞에 둔 줄리에타는 망연하게 눈을 크게 떴다.

"열을 잴 뿐이야. 앞머리를 올려도 될까?"

언제나 길게 자란 앞머리로 얼굴을 가리고 있었지만, 어른이 된 그녀의 얼굴을 보일 수는 없었다.

"아, 안 돼요."

당황하여 거부하자 스테판은 슬픈 듯이 얼굴을 찡그렸다.

"……어째서?"

그런 얼굴을 하지 않았으면 했다.

그녀를 걱정해 주고 있는 스테판을 상처 입힐 생각은 없었는데.

"이제 괜찮습니다. ……괜찮으니까요."

줄리에타는 필사적으로 그렇게 말을 하고 그의 가슴을 살며시 밀었다.

"무서운 꿈을 꾼 거라면 함께 잘까?"

마치 어린애 같은 취급이었다.

온실 안에서는 그렇게 격렬하게 줄리에타를 원했었는데.

"됐습니다."

안 된다. 스테판에게 그 여자는 줄리에타가 아닌 것이다. 만약 진실을 알게 된다면 지금 이상으로 스테판의 마음을 상처 입힐 게 분명했다.

배려심을 가지고 대해주고 있는 그를 어떻게 배신을 해 버렸던 것일까?

줄리에타는 핏기가 가시고 말았다.

"왜 그래, 줄리에타……?"

그가 곤란한 표정으로 이름을 불러서 줄리에타는 입가를 억지로 끌어올려 보였다.

"쉬세요. 주인님. 저는 정말로 괜찮습니다. 아직 일을 하실 거라면 차를 끓여오겠습니다만."

그렇게 말하고 일어서려고 했지만, 스테판은 그것을 말렸다.

"피곤하니까 무리를 할 필요는 없어. 고마워. 천천히 쉬어."

그리고 줄리에타를 침대에 눕게 하고 그녀의 밤색 머리카락을 부드럽게 쓰다듬었다.

"좋은 꿈 꿔."

"안녕히 주무세요. 주인님."

그렇게 말을 하면서도, 줄리에타는 신에게 부탁이니까 이제 주제넘은 꿈을 꾸지 않게 해달라고 마음속으로 빌었다.

*　　*　　*

"……이제 오늘은 이 정도로 해둘까……."

오늘은 웬일인지 마음이 조급해지고 말았다. 잠들지 않고 있던 스테판은 조금 일을 할 생각으로 촛대의 불을 의지하여 작은 책상에서 서류를 보고 있었다.

그러나 깨닫고 보니 시간은 심야가 되어 있었다.

"벌써 이런 시간인가."

무언가에 열중하게 되면 다른 것이 보이지 않게 되어버

리는 것은 자신의 나쁜 버릇이었다.

자조적인 미소를 짓고 침실로 향하려고 했을 때.

옆방에서 가위에 눌리고 있는 듯한 소리가 들려온 기분이 들었다.

문 너머는 스테판이 무엇보다도 소중하게 여기고 있는 보물, 줄리에타의 방이다.

오늘은 상태가 나빠 보였기 때문에 빨리 쉬게 했지만, 몸이 악화되어 버린 것일까?

"줄리에타."

걱정이 되어 말을 걸자 주저하는 듯한 대답이 들렸다.

"네, 네."

그 목소리가 떨리고 있는 기분이 들어서 스테판은 그냥 지나칠 수 없었다.

"들어갈게."

숙녀의 방에 심야에 들이닥치는 것은 좋지 않다고 알고 있지만, 걱정이 도덕을 이겨 버렸다.

촛대를 들고 방 안으로 들어가자 슬픈 얼굴로 침대에 웅크리고 있는 줄리에타의 모습을 발견했다.

"가위에 눌리고 있는 듯한 소리가 들렸어. 괜찮아?"

그렇게 말을 걸고 스테판은 줄리에타가 있는 침대 옆에까지 다가갔다. 그러자 그녀는 미안하다는 듯이 사과를 했다.

"괘, 괜찮습니다……. 시끄럽게 해서 죄송합니다. 주인님."

반대로 배려를 해주어서 스테판은 괴로운 마음을 품었다.

어렸을 때부터 줄리에타는 스테판에게 둘도 없이 소중한 존재다. 설령 자신이 잠자고 있는 것을 깨우더라도 기분이 나빠지는 일은 없다.

이렇게까지 소중하게 생각하고 있어도 그것은 전해지지 않은 것 같다.

"나는 신경 쓰지 않아도 돼. 잠들어 있던 것이 아니니까. 아직 안색이 나쁘군."

스테판은 촛대를 사이드 테이블에 놓고 줄리에타를 침대에 눕게 했다.

그러자 그녀의 얼굴이 붉다는 것을 깨달았다.

낮보다도 달아오른 기분이 들어서 열을 재려고 얼굴을 가까이 했다.

하지만 그녀는 몸을 경직시켰다. 그 모습에 스테판은 겁을 먹게 했다는 것을 깨달았다.

"열을 재려는 것뿐이야. 앞머리를 올려도 될까?"

다른 뜻은 없었다. 정말로 걱정했을 뿐이었다.

"아, 안 돼요."

그러나 줄리에타에게 완전히 거절당해서 어른스럽지 못

하게 슬픈 기분을 표정에 드러내고 말았다.

"……어째서?"

계속 곁에 있었는데. 어느새 거리가 생겨 버린 것 같았다.

"이제 괜찮습니다. ……괜찮으니까요."

그렇게 말하고 줄리에타는 스테판의 가슴을 살며시 밀어냈다.

"무서운 꿈을 꾼 것이라면 함께 잘까?"

저번에 폭풍우가 치던 밤에 함께 잤던 것을 떠올리고 스테판은 그렇게 말을 걸었다.

"됐습니다."

마치 사춘기의 딸 같은 반응이다. 스테판은 곤혹스러움을 미처 다 감추지 못했다.

"왜 그래, 줄리에타……?"

대체 그녀는 왜 그러는 것일까?

"안녕히 주무세요. 주인님. 저는 정말로 괜찮습니다. 아직 일을 하실 거라면 차를 끓여드리겠습니다만."

결국 이런 밤중에도 줄리에타는 고용인으로서 일하려고까지 했다.

"피곤하니까 무리할 필요는 없어. 고마워. 천천히 쉬어."

적령기의 여성을 대하는 것에는 익숙해 있는 참이었지만, 아직 모자란 것 같았다.

작게 한숨을 내쉬고 스테판은 줄리에타를 침대에 눕혔다. 그리고 그녀의 밤색 머리카락을 쓰다듬었다.

반지르르한 감촉에 초조한 마음이 차분해져 갔다.

심야인데, 침실에 들어오는 짓을 한 탓에 줄리에타는 기분이 나빠진 것뿐이리라.

분명 아침이 되면 평소대로의 그녀가 될 게 분명했다.

"좋은 꿈 꿔."

진심으로 그렇게 바라며 스테판은 줄리에타에게 속삭였다.

"안녕히 주무세요. 주인님."

되돌아온 말에 거절의 빛은 섞여 있지 않았다. 스테판은 안도하면서 그녀의 방을 나갔다.

제6장
밝혀진 비밀

어젯밤에 꾸었던 꿈이 떠올랐다.

스테판이 달콤하게 사랑을 속삭이고 자신을 만진다는 주제넘은 꿈이다.

아침이 되면 그녀는 스테판에 대한 연심을 단념하고, 메이드로서 스테판에게 은혜를 갚아 나가려고 생각하고 있었는데.

그를 속이는 짓을 제멋대로 해버린 채 그것을 숨기려고 했던 추악한 마음이 꿈에서 밝혀진 기분이 들었다.

"줄리에타? 역시 안색이 나빠. 의사를 불러둘 테니까, 나중에 진찰을 받아."

마차에 올라타려고 했던 스테판은 발을 멈추고 근처에 서 있던 집사장인 맥스웰에게 말을 걸었다.

그는 오늘 왕궁에서 열리는 심의회에 참석할 예정이었다.

그를 배웅하기 위해 고용인들은 현관에 정렬하고 있었지만, 어젯밤의 꿈을 잊을 수 없었던 줄리에타는 생각에 골몰하고 말았다.

"아니요…… 저기……."

괜찮다고 하기도 전에 스테판은 맥스웰에게 명령을 내렸다.

"맥스웰. 의사를 불러서 줄리에타를 봐달라고 해."

"알겠습니다."

공손하게 머리를 숙인 맥스웰과 앞에 선 스테판의 대화에, 줄리에타는 서둘러 끼어들었다.

"정말로 괜찮아요. 조금 생각을 한 것뿐입니다. 죄송합니다."

자신에게만 신경을 빼앗기지 말고, 제대로 일을 하지 않으면 안 된다.

깊게 반성하면서 줄리에타가 변명을 하자 스테판은 탐색하는 듯한 시선을 향해왔다.

"고민이 있다면 말해. ……설마 네 아버지의 일이야?"

매일 저택에서 일만 하고 있는 줄리에타에게는 환경의

변화 같은 건 없다.

그래서 스테판은 그녀가 앞머리로 얼굴을 가리게 된 원인인 아버지에 대한 것을 물어온 것이다.

어렸을 때 줄리에타가 마음에 깊은 상처를 입은 것을 누구보다도 알아주고 있는 사람은 스테판이니까.

"에…… 저기……."

그러나 그녀가 고민하고 있는 것은 스테판에 대한 마음이다.

그렇게나 아버지의 환영에 겁을 먹고 있었는데, 줄리에타는 요즘은 그에 대해 생각할 여유조차 없었다는 것을 새삼 다시 깨달았다.

"계속 만나지 않았던 것 같군. 얼굴을 보러 갈 마음이 생겼다면 같이 가도 괜찮아. 그러니까 너무 고민하지 마. ……맥스웰. 줄리에타를 부탁해."

아버지에게는 돈을 보내도 거절당해서 지금은 어떻게 지내고 있는지 그녀는 알 수 없었다.

스테판의 말에 따르면 걱정 없다고 했지만, 한번쯤 각오를 하고 만나러 가야만 할 것이다.

설사 아무리 싫어한다 할지라도 줄리에타의 혈육은 아버지뿐이니까.

"네. 그리 조치하겠습니다. 그보다 주인님. 슬슬 시간이 됐습니다."

"그럼 다녀올게."

다시 고개를 숙여 버린 그녀의 얼굴을 스테판은 부드러운 손놀림으로 쓰다듬고 마차에 향했다.

"다녀오세요. 주인님."

깊숙이 머리를 숙이며 스테판을 배웅한 후, 줄리에타는 일로 돌아갔다.

그러나 어제 일이 아무래도 머리에서 떠나지 않았다.

이러면 스테판에 대한 마음을 잘라 버리는 일 따위는 무리였다. 그를 배신하는 짓을 한 줄리에타에게는 이제 저택에서 일할 자격이 없을지도 모른다.

그렇게 고민하고 있자 맥스웰이 그녀를 불러 세웠다.

"줄리에타. 내 방으로 오도록."

오늘은 설거지를 하던 도중에 부주의로 접시를 두 장이나 깨트려 버렸다.

분명 혼날 것이 틀림없다.

"알겠습니다."

그리고 그녀가 맥스웰의 방으로 향하자 그는 한 장의 표를 건넸다.

"이것은?"

어째서 그런 것을 건네준 것인지 몰라서 줄리에타는 고개를 갸웃거렸다.

"데잔트리 지방의 메일즈 마을까지 가는 표입니다. 집이 걱정되죠?"

"……하, 하지만……."

표로 뻗으려고 했던 손을 줄리에타는 무심코 빼버렸다.

"네 그 눈동자는 네 엄마와 똑같아. 화가 나. 나를 보지 마. 지금 당장 이 집에서 나가!"

만취했다고는 하지만, 아버지는 피가 이어져 있는 딸을 사창가에 팔아 치우려고 했었다.

그 정도로 미움을 받고 있는데, 만나는 일은 불가능하다.

어른이 된 지금 줄리에타의 눈동자는 젊은 남자와 도망쳐 버린 어머니와 똑같았다.

아버지는 그때 이상으로 분노를 부딪쳐 올 것이 분명했다.

"하지만……."

줄리에타는 아버지를 생각하자 눈물이 흐를 뻔했다.

"멀리서 집을 보는 것만으로도 안심할 수 있다고 생각합니다. ……죠지 크리포드는 옛날과는 달리, 마음을 고쳐먹고 열심히 일에 열중하게 되었으니까요."

집사장인 맥스웰은 줄리에타가 사창가에 팔릴 뻔했을 때, 스테판과 함께 그것을 마차에서 보고 있었다. 그래서 줄리에타의 가정사도 잘 알고 있고, 그녀가 과호흡에 빠질 때에도 몇 번이나 구해준 적이 있다. 그녀의 귀향을 이처럼 친절하게 배려해주고 있는 것도 그 때문이다.

"……그렇…… 습니까……."

술에 빠져서 일을 포기해 버렸던 아버지가 마음을 고쳐 먹었다고는 꿈에도 생각하지 못했다.

그래서 스테판은 아버지를 걱정하지 않아도 된다고 말해 준 것이었다.

"그래요."

맥스웰은 살짝 고개를 끄덕이고 표를 줄리에타에게 쥐어 주었다.

"역시…… 제 사정 때문에 일을 쉰다는 건……."

얘기를 들은 것만으로 충분했다. 그렇게 자신에게 말했다.

아버지의 얘기를 하고 있는 것만으로 가슴이 괴로워질 것 같았다.

다시 한 번 아버지에게 그때처럼 거절당한다면, 분명 그 자리에서 숨이 멈출 것 같은 기분조차 들고 있었다.

그러나 맥스웰은 물러서려고 하지 않았다.

"당신은 여기에 온 후 쉬지도 않고 계속 일을 했습니다. 휴가를 원한다고 청원하면 바로 그렇게 해주라고, 주인님에게 명령을 받았습니다. 걱정할 필요는 없습니다."

분명 줄리에타가 붕 떠서 일을 하고 있는 것을 보다 못해, 방황을 지우려 하고 있기 때문일 것이다.

"주인님은 바쁘신 분입니다. 아버지를 만날 각오가 생기면 혼자서 가주세요. 알겠습니까?"

그것은 넌지시 스테판에게 걱정을 끼치는 것은 그만하라고 말하는 것과 마찬가지였다.

"네……."

이것은 좋은 기회일지도 몰라. 줄리에타는 그렇게 생각하기 시작했다.

가까운 시일내에 줄리에타는 저택을 나가야만 한다. 여기를 떠나기 전에 아버지가 달라진 모습을 멀리서나마 보고 안도하고 싶었다.

"……저기."

"뭡니까?"

줄리에타는 주저하면서 맥스웰에게 요청했다.

"갑작스럽지만……. 지금부터 기차에 타도 괜찮습니까?"

가능하면 스테판이 저택에 돌아오기 전에 여기를 떠나고 싶었다.

어제일이 떠오르자, 줄리에타는 어떻게 해도 그와 평범하게 헤어지는 것은 곤란해져 버렸기 때문이다.

"……오늘은 주인님이 안 계시니까, 일도 별로 없고 상관없겠지요. 언제 돌아올 겁니까?"

"내일 아침에는 돌아오겠습니다."

줄리에타가 깊숙이 머리를 숙이자 맥스웰이 조용히 대답했다.

"그럼 주인님에게 뜻을 전해두겠습니다. 조심하세요."

*　　*　　*

기차에서 메일즈 마을에 내려서자 기억에 있는 풍경과 달라서 놀랐다.

옛날의 마을은 밀밭뿐이고 가게도 적었는데, 지금은 시간이 흐른 탓인지 상당히 북적거리고 있다.

시각은 벌써 저녁에 가까워지고 있었다. 도시와는 달리 폐점 시간이 빠른 것인지 점원들이 바쁘게 가게를 정리하는 모습을 바라보면서, 줄리에타는 숙소로 향했다.

옛날의 메일즈 마을에서는 한 곳밖에 없던 펍의 이 층이 유일한 여관이었다. 그러나 지금은 몇 곳이나 같은 가게가 생겨 있는 모습이었다.

옛날에 아버지가 다녔던 펍에도 가보자 개축을 한 듯, 넓고 깨끗한 건물로 변모해 있었다.

하지만 옛날과 똑같이 지금도 여관이 펍과 함께 있는 구조 같았다.

이곳을 떠나 있던 세월은 결코 짧지 않다는 것을 깨달

았다.

그렇게 여관에서 방을 잡고 짐을 둔 줄리에타는 무거운 발걸음으로 집이 있던 곳으로 향했다.

길옆에 있던 수로는 옛날에는 깊어서 다가가는 것도 무서울 정도였는데, 몸이 성장한 지금은 매우 가늘고 얕은 곳이었다고 깨달았다.

"……그리워……."

하늘이 점차 오렌지 빛깔로 바뀌어가는 것을 바라보면서 주변을 둘러보았다. 역사 근처는 상당히 모습이 바뀌어 있었지만, 한 면의 밀밭은 기억에 있는 길이다.

그것에 안도하고 줄리에타는 고향집 쪽으로 갔다. 그러나 그 발걸음은 점차 무거워져 갔다.

"역시……."

아버지가 내뱉은 욕설들이 떠올라서 눈물이 나올 뻔했다.

걷는 것을 멈추고 여관으로 돌아가려고 했을 때였다.

"어……."

집이 있어야 할 곳이 바뀌어 있다는 것을 깨달았다.

잿빛의 지붕에 당장에라도 쓰러질 듯한 집이었는데, 매우 훌륭한 건물로 개축되어 있는 것이다.

상냥한 오렌지 빛의 지붕에 부드러운 베이지색의 벽, 건물도 크고 조금 열린 창문 너머에서는 진녹색의 커튼이 나

부끼고 있다.

"여기일 텐데……."

줄리에타는 집이 있던 곳을 착각했나 하고 무심코 주변을 둘러보았다. 그러나 약간 높은 언덕도, 산의 위치도, 옆집의 위치도 변함없었다. 착각이 아니다.

게다가 아버지가 이사를 갔다면 주소를 알고 있는 스테판이나 맥스웰이 그녀에게 전해주었을 것이다.

"어떻게 된 거야……."

주저주저하며 그 집으로 향하자 작은 남자아이 두 명이 정원에서 놀고 있는 것이 보였다.

"이놈들. 언제까지고 놀지 말고 저녁 식사 만드는 것을 도와."

낯선 여자의 목소리가 집 안에서 들려오자 남자아이들은 기운차게 대답을 하고 집 안으로 달려갔다.

……설마, 아버지는 재혼한 것일까?

젊은 남자와 도망갔던 엄마를 잊을 수 없어서 자포자기가 됐던 것을 생각하면 분명 지금은 행복하게 살고 있을 것이다.

"……만나도…… 미움을 받을 뿐이야."

줄리에타는 발길을 돌려 여관 쪽으로 돌아가기 시작했다.

전처의 딸이 뻔뻔하게 나타나도 지금의 아내가 난처할

뿐일 것이다.

그녀에게는 이제 돌아갈 곳도 없어져 버린 것이다.

"……읏."

집에 돌아갈 때에 스테판은 따라와 주겠다고 했지만, 혼자서 와서 다행이었다고 자신에게 타일렀다.

이런 식으로 울게 되면 더욱 그에게 걱정을 끼치는 것이나 다름없기 때문이다.

"돌아가자……."

그렇게 중얼거리면서 스스로에게 물었다.

어디로 돌아가면 좋을까? 이제 스테판의 옆에는 오래 있을 수 없어. 돌아갈 집도 없어. 나에게는 갈 곳 따위 없는데.

터벅터벅 무거운 발걸음으로 걷고 있자 뒤에서 여자의 목소리가 줄리에타를 불러 세웠다.

"기다려. 저기……! 거기 당신."

돌아보자 마흔 살 정도의 발랄한 여자가 웃는 얼굴로 이쪽으로 달려왔다.

"……?"

주변에 집은 없다. 즉 아까 아버지의 집에 있던 여자가 분명했다.

"역시 줄리에타지? 창문 밖에서 걸어가는 것이 보여서 어쩌면…… 하고 생각했어. 죠지에게서 얘기는 들었어. 어째서 근처까지 왔는데 집에 들르지 않은 거야?"

웃는 얼굴로 말을 걸어서 줄리에타는 당황하고 말았다.

"저, 저기……."

아버지는 그녀에게 줄리에타에 대해 말해두고 있었던 것 같았다. 그래도 어째서 자신이 줄리에타라는 것을 알았던 것일까?

"차를 줄 테니까, 같이 가자."

그리고 팔이 당겨져서 억지로 집 안으로 끌려 들어갔다.

"자, 사양하지 말고 들어와."

"실례합니다."

아버지의 집 현관에는 드라이플라워가 장식되어 있고, 매우 따뜻한 집 안이었다.

분명 이 여자의 인간성이 드러난 것이리라. 그리고 당황하는 사이에도 응접실로 안내되었다.

"여기에 앉아 있어."

소파를 권해서 줄리에타가 그곳에 앉자 여자는 서둘러 부엌으로 향했다.

"잠깐 기다려. 금방 돌아올 테니까."

가까이에 있는 부엌에서는 불을 피우는 소리가 들려왔다.

무료한 듯이 앉아 있던 줄리에타가 응접실을 둘러보자 난로 위에 가족이 찍은 사진이 놓여 있었다.

중심에 있는 사람은 아버지다. 기뻐 보이는 얼굴로 미소를 짓는 모습을 보자 견딜 수 없어져서, 줄리에타는 자리에서 일어서 버렸다.

"……죄송합니다, 저. 이만 돌아가겠습니다."

부엌을 향해 말을 하자 목소리가 작았는지 대답이 없었다.

그러자 그때 부엌에서 큰 소리가 들려왔다.

"엄마, 밥은?"

삐친 말투로 남자아이들이 여자에게 졸랐다. 저녁 식사의 준비를 하고 있는 도중에 줄리에타가 왔기 때문에 준비가 중단되어 버린 것 같았다.

"누나가 돌아왔어. 인사하렴."

그 말에 놀라고 있자 두 남자아이가 응접실을 향해 달려왔다.

"안녕. 난 아란이야."

"처음 뵙겠습니다. 나는 보브, 잘 부탁해요."

방긋방긋 웃는 얼굴을 하며 인사를 해서 줄리에타는 당황하면서도 인사를 했다.

"안녕. 줄리에타야. 잘 부탁해."

인사가 끝나자 소파에 다가온 아란이 고개를 갸웃거렸다.

"어째서 일어서 있어?"

"어, 그게……."

돌아간다고는 할 수 없어서 줄리에타는 소파에 다시 앉을 수밖에 없었다.

그러자 갑자기 소파에 기어오른 보브가 줄리에타의 앞머리를 올렸다.

"역시 미인이었어. 내기는 내가 이겼어. 내일 간식의 반은 줘야 해. 아란."

갑자기 아이에게 미인이라고 들어서 줄리에타는 숨을 삼켰다. 그러나 빈말을 하고 있는 것처럼은 보이지 않았다.

"칫. 나도 그쪽에 걸어두었으면 됐을 텐데."

갑작스러운 사태에 무슨 일이 일어났는지 이해하지 못하고 망연하게 있자, 부엌에서 돌아온 여자가 둘에게 고함을 질렀다.

"이 녀석들, 두 사람 모두 누나를 방해하지 마."

"하지만 어째서 앞머리로 얼굴을 가리고 있는지 궁금했는걸."

뾰로통한 표정으로 아란이 입을 삐죽거렸다.

"미인인데 어째서 그런 이상한 머리 모양을 하고 있어? 가르쳐 줘."

그리고 보브는 줄리에타의 팔을 잡고 얼굴을 들여다보았다.

여자뿐만 아니라, 남자아이들도 줄리에타에 대해 알고

있는 것 같았다. 어떻게 알았을까 하고 당황하고 말았다.

문득 난로에 놓인 가족사진 옆에 또 다른 액자가 놓여 있는 것을 깨달았다. 거기에는 스테판과 함께 찍은 줄리에타의 모습이 있었다.

"저것은……."

어째서 이 집에 줄리에타의 사진이 장식되어 있는 것일까?

"스테판님이 보내주셨어."

"네? 주인님이?"

어째서 스테판이 그런 일을 했는지 전혀 이해할 수 없어 하는데, 여자가 홍차와 수제 쿠키를 내밀었다.

"먹어. 입에 맞으면 좋겠는데."

그러자 쿠키 접시를 살펴보고 남자아이들이 침을 삼키는 모습이 보였다. 그리고 욕심이 난다는 시선을 줄리에타에게 보내왔다.

아무래도 먹고 싶은 것이겠지만, 손님에게 내어진 음식이기 때문에 참고 있는 것이다.

"……머, 먹어."

줄리에타가 쿠키 접시를 내밀자마자 남자아이들은 웃는 얼굴을 했다.

"신난다! 고마워, 줄리에타 누나."

"미안한걸, 쿠키의 사례는 반드시 할 테니까."

쿠키 접시를 받은 두 명은 일사불란하게 쿠키를 먹어치우기 시작했다. 그러나 여자는 오도독오도독 쿠키를 씹는 남자아이들을 큰 주먹으로 때렸다.

"아파!"

보브가 소리를 질렀다. 둔탁한 소리를 보건대 상당한 힘으로 때렸던 것 같다.

"어째서 너희들이 먹는 거야."

어이없다는 듯이 말하고 여자는 쿠키 접시를 빼앗으려고 했다. 그 볼은 조금 붉어져 있어서 아이들이 예의범절이 부족한 것을 부끄러워하는 것 같았다.

"배가 고팠는걸. 어쩔 수 없어."

즐거운 대화를 듣고 있자니 줄리에타까지 웃음을 짓고 말았다.

"이제 돌아갈 테니까, 저녁 식사 준비를 하세요."

그리고 자리에서 일어나려고 하자 여자가 서둘러 말렸다.

"안 돼. 아직 인사도 하지 않았는데."

여자는 그렇게 말하고 손을 내밀었다.

"로라야. 잘 부탁해."

당황하면서도 줄리에타는 살며시 그녀의 손을 맞잡았다.

"줄리에타입니다. 저기…… 당신은 아버지의……."

아버지의 새로운 아내라는 것은 느껴졌지만, 그렇다면 어째서 그녀는 이렇게 줄리에타를 환영하고 있는 모습일까?

미움 받아도 이상하지 않는데.

"내연의 아내라는 걸까?"

로라라고 이름을 밝힌 그녀는 작게 고개를 갸웃거리면서 웃는 얼굴로 대답했지만, 그 표정은 어딘가 쓸쓸해 보였다.

"어이. 줄리에타 누나, 이제 그만 인정해 줘. 그렇지 않으면 결혼식은커녕 호적조차 올릴 수 없으니까."

엄마를 감싸는 듯이 보브가 그렇게 말하는 것을, 줄리에타는 깜짝 놀라면서 듣고 있었다.

"네가 나설 일이 아니야. 조용히 있어."

로라는 보브를 꾸짖었지만, 아란이 물어왔다.

"누나. 엄마를 싫어해?"

처음 만난 여자를 싫다고 생각할 리가 없었다. 게다가 로라는 쾌활하고 다정하다. 아버지가 좋아하게 된 것도 절로 수긍이 갔다.

"호적을…… 올리지 않은 건가요?"

자식까지 태어났는데 어째서 호적을 올리지 않은 것일까. 줄리에타는 너무 이상했다.

"그래. ……네가 돌아온 후에 올리자고 얘기해서."

미안하다는 듯한 표정으로 로라가 대답했다.

"미안합니다. 저…… 아버지가 결혼하려 하는 것을 처음 알아서……."

줄리에타는 아버지의 결혼에 반대할 생각은 없었다. ……반대할 입장은 아니다.

새삼 어째서 그녀의 의견을 아버지가 들으려고 했는지 이해할 수 없을 정도다.

줄리에타가 고개를 숙여 버렸다.

"어이, 다녀왔어."

마침 그때, 현관에서 아버지의 목소리가 들려와서 줄리에타는 심장이 멎을 것 같았다.

"저, 전……. 돌아가겠습니다……."

여기에 줄리에타가 있는 것을 알면 아버지는 격노할 게 틀림없었다.

부들부들 몸이 떨리는 것을 막을 수 없었다. 그러자 보브와 아란이 손을 꼭 잡아주었다.

"왜 그래?"

"아직 온 지 얼마 안 됐잖아. 천천히 있다 가."

두 손이 잡혀서 도망칠 수도 없어서 그냥 서 있자 아버지가 응접실로 들어오는 것이 보였다.

"아……."

그것은 십 년 만에 보는 아버지 죠지의 모습이었다.

아버지는 기억보다도 키는 작아져 있었고, 볼은 조금 타고, 머리카락에는 흰머리가 섞이기 시작하고 있었다. 그 모습을 바라보면서 멍하니 서 있자 아버지도 놀란 표정으로 눈을 휘둥그레 떴다.

"……줄리에타……."

핏기가 가시는 것을 멈출 수 없었다.

"나에게 거역하지 마! 네 얼굴을 보고 있으면 화가 나. 지금 당장 눈앞에서 사라져!"

차가운 비와, 만취한 아버지의 욕설이 떠올랐다.

여기에 있어서는 안 된다. 알고 있었는데, 어째서 발을 들여 놓아버린 것일까?

"……윽!"

줄리에타가 응접실에서 도망치려고 했을 때였다.

아버지인 죠지가 갑자기 눈앞에서 무릎을 꿇었다.

"나를 용서해 줘!"

생각지도 못한 광경에 줄리에타는 단지 멍하니 서 있을 수밖에 없었다.

*　　*　　*

아버지는 만취해서 충동적으로 딸을 사창가에 팔려고 했

던 것을 아침이 되어서야 깊이 후회했다고 한다. 그런 아버지에게 손을 내민 사람은 스테판이었다.

알코올 중독이 되어 몸을 해치고 있던 아버지에게 의사를 보내준 것이다. 그리고 가사를 도와주기 위해 로라를 고용해서 급료도 지불해 주었다고 한다. 생판 남에 아무런 연결고리도 없는 남자인데.

"그 사람에게는 고개를 들지 못해……. 어떻게 감사를 하면 좋을지……."

아버지는 눈물을 흘리면서 말했다.

헌신적으로 애써주는 로라에게 아버지가 어느새 이끌리기 시작했을 무렵, 스테판은 줄리에타의 어머니를 찾아주었다고 했다. 그리고 새로운 생활을 시작했던 어머니와는 원만하게 이혼을 했다고.

줄리에타가 일해서 번 돈을 아버지가 거절한 것도 성실하게 일한 덕분에 생활에 여유가 생겼기 때문이었다. 게다가 시원찮은 자신 때문에 어린 몸으로 일하게 되어버린 줄리에타에게 돈을 받을 수 있을 리가 없다고, 아버지는 말했다.

그녀에게 과거의 일을 사죄하고 데리고 가기 위해 아버지는 몇 번인가 스테판에게 면회를 요청했다고 한다. 그러나 스테판이 아버지의 얘기를 꺼내면 줄리에타가 언제나 과호흡에 빠져 버린다고 말했기 때문에 그녀의 상처가 치유될 때까지 만나는 것을 포기하고 있었다고 한다.

로라와 혼인 신고를 하지 않은 것도 그 탓이다. 자식이 태어났으니까 불편도 많았을 게 분명한데.

줄리에타에게 보고할 때까지는…… 이라며 기다려 주었던 것이다.

"취해서 어린 딸에게 화풀이를 하다니, 나는 최악이었어. ……사실은 네 웃는 얼굴에 언제나 구원받고 있었는데……. 두 번 다시 심한 말을 하지 않을게. 그러니까 얼굴을 가리며 사는 것은 하지 말아줘. 정말로 미안해."

깊이 사죄하는 아버지를 앞에 두고 줄리에타는 눈 안쪽이 뜨거워져 갔다.

그리고 소파에 앉은 채로 덜덜 떨고 있었다. 그러자 옆방으로 가라고 쫓겨났던 아란과 보브가 방으로 난입해서 그녀를 감싸는 듯이 앞을 가로막았다.

"왜 누나를 울리는 거야. 여자를 울리는 녀석은 최악이라고 언제나 말한 사람은 아빠잖아."

"그래. 누나를 괴롭히지 마."

이유도 모른 채 줄리에타를 감싸려고 하는 두 사람에게 그녀는 놀라고 말았다.

"방에 가라고 했잖아."

로라가 혼냈지만, 두 사람은 응접실에서 떠나려고 하지 않았다. 그리고 걱정스러운 듯이 줄리에타에게 말을 걸어왔다.

"괜찮아? 내가 지켜줄 테니까 안심해."

"나도 아빠에게 한 마디 해줄게. 그러니까 왜 괴롭히고 있는지 가르쳐 줘."

이제 막 만난 동생들의 상냥함에 줄리에타는 눈물을 참을 수가 없어졌다.

아버지에게 매도당해서 상처를 입고 자신을 지키려고 한 나머지 주위가 보이지 않게 되어버렸던 것이다.

단단하게 마음을 걸어 잠그고 있던 자신 때문에 고생을 하고 있었을 모두는 이렇게나 상냥하게 그녀를 생각해 주고 있었던 것이다.

"미안합니다……."

흐느끼기 시작한 그녀를 두 남동생이 안았다.

"울지 마. 아빠에게 무슨 말을 듣고 괴롭힘 당했는지 가르쳐 줘."

"저기, 괜찮아?"

순진한 표정으로 물어보는 그들의 등에 줄리에타는 살며시 팔을 둘렀다.

"기쁘니까 울고 있는 거야. 그러니까 걱정하지 마."

그러자 그들은 줄리에타의 대답에 의아하다는 듯이 고개를 갸웃거렸다.

"뭐? 기쁠 때는 웃는 거야. 어른인데 틀리다니, 이상해."

"그러네. 이상하네……."

그들의 몸을 꽉 안자 체온이 전해져 와서 더욱 울고 싶어졌다.

*　　*　　*

집에서 자고 가라고 하는 아버지와 로라의 권유를 거절하고 줄리에타는 여관으로 향했다.

적어도 여관까지 데려다 주겠다고 아버지는 말했지만, 생각할 것이 있다며 줄리에타는 그것도 사양했다.

쓸쓸해 보이는 아버지에게 편지를 쓰겠다는 말을 남기고 집을 나섰다.

그리고 밀밭 사이를 걸어가고 있자 문득 부드러운 바람이 불어왔다.

길게 자란 앞머리를 올려보자 거기에는 예쁜 별이 가득한 밤하늘에 검은 구름이 깔리기 시작한 광경이 펼쳐져 있었다.

어느새 해는 이미 저물고 있었다. 빨리 돌아가지 않으면 비가 올지도 몰라. 그렇게 생각하면서 길을 서둘렀다.

앞머리를 올려도 세계가 무서운 것이라는 생각이 들지 않았다. 아버지에게 미움 받고 있는 것이 아니라는 것을 알았기 때문이다.

다시 한 번 머리를 올리고 거울을 봐도 괴로워지지 않을 것 같은 기분이 들었다.

그러나.

뇌리에 스친 것은 스테판에 대한 것이었다. 그를 생각하니, 여기에는 없었지만 줄리에타는 서둘러 머리를 내렸다.

아버지가 구원받고 새로운 가족에 둘러싸여 있는 것도 모두 스테판의 덕분이었다.

줄리에타뿐만 아니라, 그녀의 가족까지 배려해 주고 있었던 것이다.

그런데 줄리에타는 그를 배신하는 짓을 하고 말았다. 두 번 다시 돌이킬 수 없는 짓은 하지 않을 것이다.

진실을 알면 그는 여동생처럼 대하고 있던 줄리에타를 안은 것을 후회할 게 분명했다.

스테판을 상처 입히기 전에 곁을 떠나야만 한다.

설령 자신이 아무리 그에게 애타고 있다 하더라도.

갈 곳이 없다면 어딘가 숙식하면서 일할 수 있는 곳을 찾을 수밖에 달리 방법이 없었다. 갑자기 일을 그만두어도 맥스웰이 소개장을 써줄까? 걱정이 되지만, 지금 미리 걱정해도 어쩔 수 없다.

그렇게 줄리에타가 여관으로 돌아가자 펍 앞에 한 대의 마차가 서 있는 것을 깨달았다.

"……?"

어딘가의 귀족이 마을에 들른 것일까? 그렇게 생각하면서 방에 가려고 하자 갑자기 마차의 문이 열렸다.

"여기에 있었구나."

그리고 한 청년이 우아한 발걸음으로 마차에서 내려왔다.

나타난 사람은 로렌스였다.

"로렌스님. 어째서 여기에?"

여기는 왕궁이 있는 곳에서 상당히 떨어진 마을이다. 여기에서 로렌스에게 뭔가 볼일이 있다고는 생각되지 않았다.

"스테판이 없는 사이에 너를 만나러 저택에 갔더니, 고향에 돌아갔다고 맥스웰이 말하더군."

맥스웰은 줄리에타의 고향에 대해 안이하게 얘기할 만한 남자가 아니다. 아무래도 로렌스는 줄리에타의 신변에 대해 조사한 것 같다.

어째서 그가 이렇게까지 줄리에타를 고집하는지 이해할 수 없었다.

긴 앞머리로 얼굴을 가리고 있던 것을 재미있어하는 것 치고는 너무 집요했다. 깨닫지 못한 사이에 뭔가 그의 원망을 사는 일이라도 해버렸던 걸까?

"저에게 무슨 볼일이십니까?"

줄리에타는 의아스럽게 생각하면서 물었다.

"일을 권유할게. 우리 집에 오지 않을까 생각해서 말이지. ……좋아하는 상대가 주인이면 일하기 힘들잖아. 내 저택이라면 스테판도 놀러오고 가끔은 얼굴을 볼 수 있어."

스테판의 저택을 나올 생각은 있었지만, 대신에 로렌스의 집에 갈 마음은 들지 않았다.

"됐습니다."

딱 잘라 거절하자 그는 쓴웃음을 지었다.

"스테판에게 알려져도 괜찮은 거야?"

아직 줄리에타를 위협할 생각인 것 같았다. 확실히 자신의 마음을 스테판에게 알리고 싶지 않았지만, 두 번 다시 민폐를 끼칠 수는 없다.

"……그래요. ……이제 그 저택은 그만둘 생각이니까."

조용히 그렇게 되받아치자 로렌스는 놀란 모습으로 침묵했다.

그러자 그 때.

"무슨 말이지?"

뒤에서 험악한 음성으로 말하는 소리가 들려왔다. 틀림없이 스테판의 목소리였다.

놀라서 뒤를 돌아보자 본 적도 없을 정도로 무서운 표정으로 그가 다가왔다.

조금 떨어진 곳에는 하웨이가의 마차가 서 있었다. 아무래도 그는 그녀의 모습을 발견하고 이쪽으로 걸어오고 있었던 것 같다.

뒤에서는 하웨이가의 고용인 한 명이 곁을 따르고 있다.

"줄리에타."

드디어 어리석은 이 마음이 알려지고 말 거라 생각하자 줄리에타는 창백해졌다.

"저택을 그만둔다니, 그런 말 듣지 못했어."

그러나 그가 추궁한 것은 다른 일이었다. 아무래도 처음부터 얘기를 듣고 있었던 것은 아닌 것 같았다.

"주인님. 어째서 여기에……."

줄리에타는 거북함에 원피스의 스커트를 꼭 잡으면서 물었다.

"내가 없는 사이에 네가 고향으로 향했다고 맥스웰에게 들었으니까, 모습을 보러 왔어."

심의회를 마치고 피곤할 텐데, 스테판은 자신을 걱정해서 이런 곳까지 와주었던 것이다.

그렇게 생각하자 기쁨과 미안함으로 가슴이 벅차올랐다.

"나에게 아무런 상담도 하지 않은 것은 어째서지? 집에 돌아가고 싶지 않았던 거야?"

저택을 그만두는 이유를 물어서 줄리에타는 작게 고개를 끄덕였다.

"……네."

고향에 돌아올 생각은 없었다. 사이좋게 사는 가족을 방해하고 싶지는 않다.

줄리에타는 어딘가 다른 곳에서 혼자 숙식을 하며 일하려고 생각하고 있었다.

그러나 솔직하게 대답하면 스테판에게 그만두는 이유를 설명해야만 한다.

"아니야. 줄리에타는 내 저택에 오게 되었어."

하지만 얘기를 듣고 있던 로렌스가 놀리는 듯한 말투로 끼어들어 왔다.

줄리에타는 로렌스의 저택에서 일할 생각은 손톱만큼도 없었다. 경악한 채로 고개를 가로젓자 스테판이 감싸는 듯이 그녀의 몸을 안았다.

"줄리에타는 너에게는 넘기지 않아. 무슨 생각이야. 로렌스."

그 모습을 바라보면서 로렌스는 더욱 즐겁다는 표정을 지었다.

"어째서? 스테판은 첫사랑이 이루어졌잖아. 내 애인을 채갔으니까, 대신에 소중한 것을 줘도 괜찮은 거 아닐까?"

스테판의 첫사랑 상대는 치장한 줄리에타다. 그러나 그것을 알고 있는 사람은 로렌스와 줄리에타뿐이다.

"게다가 결혼하면 지금 줄리에타가 사용하고 있는 방은 아내에게 주어야 하잖아. 계속 옆에 있던 그녀를 지하의 고용인 방으로 내쫓을 생각인 건가?"

줄리에타가 사용하고 있는 방은 원래 주인의 아내가 사

용해야 할, 스테파의 방과 연결된 방이었다.

확실히 스테판이 결혼하면 그곳에 있을 수 없을 것이다.

"……그럴 생각은 없어."

스테판은 경직된 목소리로 로렌스에게 말했다.

"아내와 방에서 살면서 바로 옆에 메이드를 두다니 제정신이 아니라고 생각해. 독신인 지금도 칭찬받을 만한 일이 아니야."

어이없다는 듯이 로렌스는 과장되게 팔을 벌렸다.

"순수한 그녀라면 납득해 줄 거야. 그것을 거절한다면…… 나는 결혼 따위 하지 않아."

그렇게 말하고 스테판은 줄리에타를 당겨 안았다. 그는 아무래도 줄리에타의 처우를 위해서라도 첫사랑인 상대와의 결혼을 포기할 생각인 것 같았다.

"줄리에타. 설마 내가 결혼한다고 듣고 불안해져서 여기에 온 거야? ……미안해."

스테판은 슬프게 웃으면서 줄리에타에게 상냥하게 속삭였다.

"그럼 나에게서 빼앗은 애인은 어떻게 할 생각이지?"

……로렌스는 대체 무슨 생각인 걸까?

여기에서 말하는 스테판이 결혼하고 싶다고 생각하고 있는 상대도 줄리에타라는 걸 알고 있을 텐데.

"……줄리에타는 내 소중한 보물이야. 그것을 받아들일

수 없다면 나를 거절하는 것과 같은 거야. 단념할 수밖에 없어."

스테판은 고뇌에 찬 목소리로 결단을 내리고 줄리에타를 살며시 안았다.

공작의 신분에 있는 그가 자신 같은 사람 때문에 결혼을 포기하다니 믿을 수 없었다.

그런 제안은 누구도 받아들이지 않을 게 분명했다. 이대로라면 후계자는 영원히 태어나지 않게 돼버린다.

"정말로 심한 남자군. ……게다가 둔해. 하이스쿨에서 수석이었다는 것이 생각되지 않을 정도야. 어이없어서 아무 말도 할 수 없어. 그만 적당히 깨닫지 못하면 소중한 것을 전부 잃어버리게 될 거야. 스테판."

그렇게 말하고 로렌스는 이쪽으로 다가와서 갑자기 줄리에타의 앞머리를 올렸다.

"……앗!"

갑작스러운 사태에 줄리에타는 눈을 크게 떴다.

그리고 스테판은 그녀를 안은 채로 경직된 모습으로 아무 말도 못하고 있었다.

"아무리 둔해도 이걸로 전부 알게 됐겠지?"

로렌스는 쓴웃음을 짓고 스테판에게 물었다.

"줄리에타가…… 그 여성이었던가……."

등에 둘러진 팔이 희미하게 떨고 있는 것이 전해져 왔다.

스테판은 상당히 충격을 받고 있는 것 같다.

부슬부슬 내리기 시작한 비가 줄리에타의 볼에 떨어졌다. 그녀는 말도 건네지 않고 단지 망연하게 스테판을 계속 올려다보고 있었다.

"스테판은 거짓말쟁이를 싫어했어. 그렇다면 이 아이는 내가 데리고 가도 괜찮겠지?"

그렇게 말하고 로렌스가 줄리에타의 팔을 잡았다. 뒤에서 당겨지는 바람에 줄리에타가 쓰러지려는 것을 스테판이 순간적으로 잡아주었다.

"그 손을 놔, 로렌스."

스테판은 날카로운 목소리로 로렌스에게 고함을 질렀다.

"어째서?"

로렌스가 묻는 소리에 줄리에타는 위화감을 느꼈다. 그는 진심으로 줄리에타를 데리고 갈 생각 따위 없다고 생각되었다.

그것은 로렌스의 말이 스테판의 대답을 이끌어내기 위한 것이란 기분이 들었기 때문이다.

"줄리에타는 내 보물이라고 했잖아. 누구에게도 양보할 생각은 없어."

그렇게 말하고 스테판은 로렌스의 손을 뿌리쳤다.

그리고 줄리에타를 내려다보고 조용히 물었다. 아까까지의 동요는 조금도 느껴지지 않았다.

"줄리에타. 짐은?"

"저기…… 여관방에……."

떨리는 목소리로 대답하자 스테판은 뒤를 돌아보고 대기하고 있던 고용인에게 말을 걸었다.

"어이. 마차를 불러서 줄리에타의 짐을 갖고 와줘."

아무래도 스테판은 여기를 떠날 생각인 것 같다.

그에게 거짓말을 하고 있던 벌을 받아야 하는 줄리에타를 데리고.

"열쇠는?"

여관방의 열쇠를 줄리에타가 건네자 스테판은 그것을 고용인에게 맡겼다.

"죄, 죄송합니다……. 저, 이제……."

진실을 스테판이 알아버린 지금, 하웨이가에는 돌아갈 수 없다.

그렇게 생각하고 스테판에게 작별의 말을 건네려고 했지만, 그는 강제로 줄리에타를 마차에 올라타게 했다.

"이거야 원. 손이 가는 친구를 가지면 힘들군."

둘의 모습을 바라보고 있던 로렌스가 그렇게 중얼거리는 것이 들려, 줄리에타가 돌아보자 그는 즐거운 듯한 표정으로 손을 팔랑팔랑 흔들었다.

"행복하기를. 성가신 두 분."

제7장
공작님의 사랑의 지도

스테판이 마차를 향하게 한 곳은 그의 별장이었다.

칠 년 전 줄리에타가 도움을 받았을 때, 스테판이 방문하고 있던 곳이라고 한다.

스테판이 그녀를 다른 별장에 데려간 적은 있었지만, 여기는 줄리에타의 고향집과 가까운 탓인지 그녀가 발을 들이는 것은 처음이었다.

저택과는 달리 컨트리풍의 차분한 멋이 있는 건물이다.

하얀 격자 창문에는 커튼이 잔뜩 걸려 있고 다마스크 모양의 벽지에 하얗고 작은 테이블, 그리고 소파에는 꽃무늬의 쿠션이 몇 개나 놓여 있었다.

하얀색을 바탕으로 한 사랑스러운 방이다. 스테판의 이미지와는 전혀 달라서 줄리에타는 눈을 휘둥그레 뜨고 말았다.

그러자 그런 그녀를 알아챘는지 그는 쓴웃음을 지으면서 말했다.

"여기는 어머니가 좋아했던 곳이야."

창가의 선반에는 화분이 놓여 있고 테이블에는 꽃도 장식되어 있다. 아무래도 좀처럼 발을 들여놓지는 않지만, 누군가에게 관리하도록 부탁한 것 같았다.

그 정도로 스테판의 어머니가 소중히 했던 별장을 그가 소중하게 생각하고 있는 것이리라.

"주인님…… 저기……."

줄리에타는 주저하면서 스테판에게 거짓말을 하고 있던 것을 사죄하려고 했지만, 수건과 갈아입을 옷을 건네받고 욕실로 밀어 넣어져 버렸다.

"비에 젖었잖아. 그대로라면 감기에 걸릴 거야. 몸을 따뜻하게 하고 와."

"그렇다면 주인님이 먼저 사용해 주세요."

고용인이 주인보다 먼저 몸을 따뜻하게 할 수는 없다.

"욕실은 여기만이 아니야. 신경 쓰지 말고 천천히 있어도 돼."

스테판은 그렇게 말하고 욕실 문을 닫았다.

새하얀 욕조와 세면대에는 금색의 수도꼭지와 비누 받침대가 놓여 있고 벽에는 은 액자의 그림이 걸려 있다. 거기에 그려져 있는 것은 욕실의 창문에서 보이는 풍경 같았다.

하얀 커튼을 치고, 원피스를 벗고 샤워를 했다.

눈치채지 못한 사이에 몸은 상당히 식어 있었던 듯, 서서히 온기가 전해져 왔다. 그러나 차분해질 수 없었다. 머리에는 온통 스테판에 대한 생각뿐이었다.

그는 화가 나 있진 않아 보였지만 그 표정은 어딘가 괴로운 듯했다.

그것이 폭풍전야로 생각되어서 그녀는 입술을 꼭 깨물었다.

욕조에서 나와 준비해 준 옷을 손에 들었다. 하지만 그것은 스테판의 잠옷인지 줄리에타에게는 컸다.

짐은 맡긴 채이다. 다른 것은 젖은 원피스밖에 없다.

주저하며 옷을 입자 잠옷은 상당히 커서 줄리에타의 몸이 푹 감싸이고 말았다. 옷자락도 길어서 상당히 접지 않으면 질질 끌릴 정도였다.

어떻게든 옷을 다 입고 욕실에서 나왔다, 그러자 거기에는 몇 개의 단추를 푼 셔츠와 검은 바지를 입은 편안한 차림을 한 스테판이 서 있었다.

"줄리에타. 아직 머리카락이 젖어 있군. 여기에 앉아."

그렇게 말하고 스테판은 줄리에타를 소파에 앉히고 수건

으로 그녀의 머리카락을 닦기 시작했다. 역시 어린아이 취급이다.

고개를 숙이면서 하는 대로 가만히 있자 스테판이 나직이 중얼거렸다.

"미안해."

이 사과는 스테판의 첫사랑이 줄리에타란 걸 알고 있었다면 안는 일 따위 없었다는 의미로 들렸다.

"……저, 전……. 죄송합니다……. 주인님을 속일 생각은…… 정말로 없었습니다."

흐느낌을 참으면서 줄리에타가 사과를 하자 스테판은 머리카락을 닦는 손을 멈추고 옆에 앉았다.

"속여? 로렌스가 억지로 강요한 거잖아. 너는 드레스를 스스로 입고 싶어 하는 아이가 아니고, 사람이 모이는 곳을 싫어한다는 것은 잘 알고 있어."

확실히 협박당하듯이 입게 되었지만, 남 탓으로 돌릴 수는 없다.

"……그것은……."

줄리에타가 침묵하자 스테판은 그녀의 볼로 손을 뻗었다.

살며시 만지는 감촉에 깜짝 놀라 몸이 굳어졌다.

"……미안해."

갑작스러운 사과에 줄리에타는 눈을 크게 떴다. 어째서

스테판이 사과하고 있는 것일까? 사과해야 하는 사람은 자신인데.

"너를 지키고 있던 남자에게 억지로 안기게 되었어. 분명 나를 원망하고 있겠지? 그래서 저택을 나가고 싶다는 말을 꺼낸 거야?"

스테판은 아무래도 오해를 하고 있는 것 같다. 그녀는 당황해서 부정했다.

"아닙니다!"

줄리에타가 저택을 나가려고 생각한 것은 스테판을 배신하는 짓을 해버렸기 때문이다. 은인인 그를 속이다니 최악의 행위다.

게다가 고용인인 신분으로 그를 좋아하게 되어버리다니, 그것을 알게 할 수는 없었다.

"아니야?"

이유를 설명하려고 했지만, 미안함에 역시 말할 수 없었다.

"저, 저는……."

줄리에타는 떨면서 얼버무리고 말았다. 점차 눈물로 시야가 일그러지기 시작했다.

"왜 그래. 화내지 않을 테니까 말해봐."

스테판이 상냥한 말투로 물어서 줄리에타는 기어드는 목소리로 대답했다.

"주인님을 계속…… 좋아해서……."

"나를?"

스테판이 숨을 삼켰다. 냉정하고 침착한 그도 갑작스러운 고백에 당황하고 있는 것 같다.

"죄송합니다……. 두 번 다시 민폐는 끼치지 않을 테니까……."

줄리에타는 스테판에게 상냥한 대우를 받을 자격 따위 없는 것이다.

그를 곤란하게만 하고 있으니까.

"어째서 사과하는 거야."

험악한 말투로 질책 받고, 그의 손이 머리를 쓰다듬었다. 이런 때까지 스테판은 자신을 배려해 주고 있었다.

그 상냥함에 더욱 울고 싶어지고 말았다.

"……제멋대로인 일만 해서…… 이제, 주인님의 옆에는 있을 수 없어요. 저택에서도 나가서 다시는 모습을 보이지 않을 테니까, 용서해 주세요."

눈물을 참으며 그렇게 말한 줄리에타는 일어서서 방에서 뛰쳐나가려고 했다.

그러나 팔이 잡혀서 소파에 다시 끌려 돌아왔다.

"바보 같은 말 하지 마."

그리고 입술이 겹쳐졌다.

"으으읍……?!"

갑작스러운 일에 줄리에타는 말도 하지 못하고 당할 수밖에 없었다.

그녀가 멍하니 있자 스테판은 입술을 떼고 한숨을 내쉬었다.

"나는 너를 소중하게 생각한 나머지 이 감정이 어떤 종류의 것인지 스스로 이해하고 있지 못했던 것 같아."

"……?"

그의 말뜻을 이해하지 못해서 줄리에타는 고개를 갸웃거렸다.

이상하다는 듯한 그녀를 바라보며 스테판은 말을 계속했다.

"줄리에타. ……나는 너를 사랑하고 있다고 말하는 거야."

"네……?"

사랑하고 있다. 그 생각지도 못한 말에 줄리에타는 멍해져 버렸다.

이것은 꿈인 것일까?

자신에게 알맞은 제멋대로인 꿈.

그러나 강하게 잡힌 팔의 희미한 아픔이 현실이라는 것을 깨닫게 해주었다.

"로렌스에게 끌려 나온, 아름답게 치장한 너를 보았을 때 마음 깊숙한 곳에서 봉인하고 있던 감정이 흘러나오는 듯한 감각이 느껴졌어. ……그것은 너여서 그런 게 틀림없어."

스테판은 마치 부서지는 것을 안는 것처럼 살며시 그녀의 등에 팔을 두르고 자신의 가슴에 끌어안았다. 그의 온기에 감싸인 채 줄리에타는 숨 쉬는 것조차 잊어버릴 것 같았다.

"네가 아무리 사랑스러워도 분명 여동생이나 딸 같은 감정이라고 스스로에게 타일러 왔는데……."

스테판의 동생이나 딸 같은 게 되고 싶지는 않다.

줄리에타는 그의 셔츠에 꼭 매달렸다.

"처음 치장한 너를 보았을 때 사랑스러운 동작도, 표정도, 목소리도, 냄새도, 분위기도 그리고…… 다갈색의 눈동자도, 밤색 머리카락도. 모든 것이 전부가 내 마음을 사로잡고 놓지 않았어."

분에 넘치는 찬사에 더 이상 견딜 수 없어졌다.

아름다운 것은 스테판이다. 줄리에타는 그처럼 모든 것을 갖춘 사람과는 만난 적이 없다.

"나는…… 너와 닮은 여성을 앞에 두고 감정을 억누를 수 없어져 버렸어."

안고 있는 팔의 힘을 풀고 줄리에타의 얼굴을 들게 한 후, 스테판은 진지한 시선을 향했다.

"주인님……?"

달콤한 말들에 줄리에타는 현기증이 날 것 같았다.

이대로 숨이 끊어져도 상관없을 정도로 행복감을 느꼈다.

설령 스테판과 떨어져 살게 되어도 살아갈 수 있다. 그런 기분까지 들고 있었다.

그러나

"나를 싫어하지 않는다면 부디 결혼해 주지 않을래? 너 외에는 생각할 수 없어."

이어진 스테판의 고백은 생각지도 못한 것이었다.

"하지만 저는 고용인이고……. 공작의 자리에 있는 주인님과 결혼이라니……."

귀족들은 혈통을 중시한다. 스테판이 원한다고 해도, 서민 아가씨인 줄리에타와 결혼하면 하웨이가의 명성에 먹칠을 해버린다.

농담에도 정도가 있다. 줄리에타가 고개를 가로저으면서 호소하자 스테판은 괴로운 표정으로 물었다.

"지위를 버리면 나와 함께 살아줄 거야?"

그의 푸른 눈동자에는 전혀 번뇌가 없었다. 진심으로 그렇게 말하고 있는 것이 아플 정도로 전해져 왔다.

"안 돼요……. 그런……."

자신 같은 것 때문에 그가 그런 짓을 하게 할 수는 없다. 스테판에게 다시 생각해 달라고 했지만, 스테판은 손가락으로 줄리에타의 입술을 누르며 말을 막았다.

"그거라면 네가 포기해. 나는 모든 것을 버리더라도 너를 놓을 생각은 없으니까."

어째서 그렇게까지 바라는 것인지 그녀에게는 이해할 수 없었다.

"……주인님."

마음을 향해준 것만으로도 충분한데……. 줄리에타가 울 것 같은 표정으로 스테판을 올려다보고 있자 그는 대답을 재촉해 왔다.

"대답은?"

"……."

계속 스테판의 옆에 있을 수 있는 것이다. 고개를 끄덕이고 싶은 게 당연했다.

그러나 그를 생각하기에 더욱 그런 짓은 할 수 없다.

"승낙할 때까지 키스해 주길 원하는 거야?"

스테판은 놀리는 듯이 묻고 그것을 현실로 옮겨 버렸다.

"응, 응응…… 읏!"

닿을 뿐인 입맞춤이 아니다. 서로의 혀가 뒤엉키는 음란한 것이다. 미칠 것처럼 몇 번이나 키스를 당해서 점점 숨이 거칠어지기 시작했다.

"……네, 라고 대답해. 다른 대답 따위는 듣지 않겠어."

도취된 표정을 짓는 줄리에타에게 스테판은 그렇게 달콤

한 소리로 속삭였다.

"……네."

줄리에타는 새빨갛게 되어 살짝 고개를 끄덕였다.

여기에서 승낙하지 않으면 스테판은 진심으로 모든 것을 버릴 것 같았기 때문이다.

"나와 결혼할 거지? ……착하다. ……줄리에타. 사랑해."

아직 욱신거리는 입술에 다시 키스를 당했다.

"응…… 읍."

부드러운 아랫입술이 살짝 깨물려서 찡한 짜릿함이 느껴졌다.

"얌전히 내 것이 돼. ……그리고 너도 나를 손에 넣는 거야."

몇 번이나 상냥한 키스를 한 후, 어깨에 걸쳐져 있던 수건이 들어 올려졌다.

"이쪽으로 와."

부드럽게 당겨져서 줄리에타는 스테판의 어깨에 몸을 맡긴 자세가 되었다.

이렇게나 가까이에 스테판이 있어 준다. 그 행복에 마음속까지 채워져 가는 기분이 들었다.

그러나.

"눈치채고 있었어?"

스테판이 짓궂은 목소리로 물었다.

"……?"

무슨 소리를 하는지 줄리에타가 고개를 갸웃거리자 그는 귓가에 입술을 가져갔다.

"돌기가 서 있어."

속삭여진 음란한 말에 줄리에타는 순간적으로 볼을 붉게 물들였다.

"내 키스로 느낀 거야? 아니면…… 내 옷을 입고 있으니까? 어느 쪽이지?"

당황하여 잠옷 위로 팔을 두르고 가슴을 가렸지만, 이미 보이고 말았다.

얼버무릴 수가 없다.

"……모, 몰라요."

수치심에 얼굴을 피하고 있자 팔이 벌어져서 가슴이 다 드러나 버렸다.

"……주인님……. 보지 마세요."

부끄러움에 저항하려고 했지만, 가냘픈 여자의 힘으로 이길 리가 없다. 천 너머로 단단하게 부풀은 돌기가 꽉 잡히고 그대로 문질러지기 시작했다.

"싫…… 엇…… 읏. ……무, 무슨…… 앗."

어째서 갑자기 스테판이 가슴을 괴롭혀오는지 이해하지 못해서 줄리에타는 비난의 소리를 냈다.

그러자 그는 어쩔 수 없다는 듯이 과장되게 한숨을 쉬었다.

"이런. 자각해 주지 않으면 안 되는데, 모르는 것인가."

"무, 무슨…… 말씀을 하시는 건지……."

줄리에타는 정말로 이해할 수 없었다. 당황하는 그녀의 볼에 스테판은 쪽 소리를 내며 입을 맞추었다.

"네가 나를 사랑하고 있다는 거야."

"그것은……."

이런 부끄러운 짓을 당하고 있는 것과 줄리에타가 스테판을 사랑하고 있다는 것에 무슨 관계가 있는 것일까?

"틀리지 않잖아. 너는 사랑하지 않는 상대에게서 키스를 당한다고 해서 그런 식으로 몸을 여는 사람이 아니야. …… 사랑하고 있으니까 여기도 음란하게 서게 된 거야."

돌기가 단단해진 것이 증거라는 말을 듣자 줄리에타는 부끄러움에 귀까지 빨개지고 말았다.

"……그런 말씀은 그만…… 두세요……."

이제 아무 말도 듣고 싶지 않았다. 그리고 보지 않았으면 했다.

"어째서? 정말이야. 게다가 너와 내가 처음으로 하나가 됐던 날의 일이야. 잊을 수 있을 리가 없잖아."

떨리는 그녀의 턱을 잡고 얼굴을 들게 한 뒤, 스테판은 과실 같은 입술에 살며시 입을 맞추었다.

"그런 곳에서 성급한 짓을 해서 미안했어."

아무 말도 하지 않기를 바라는 줄리에타의 부탁을 스테판은 들어줄 생각이 없는 것 같았다.

점점 가만히 있을 수 없는 얘기가 이어져서 줄리에타는 부끄러운 나머지 졸도할 것만 같았다.

"주인님…… 부탁이니까…… 이제……."

살짝 몸이 굳어져서 울 것처럼 있자 눈가에 그가 입술을 댔다.

"그런 얼굴을 보면 지금 당장에라도 안고 싶어져."

그렇게 말하고 스테판은 줄리에타의 가슴에 손을 집어넣으려고 했다.

그러나 직전에 참았다.

"아아. 미안해……. 네가 상대면 아무래도 마음이 급해져 버리는 것 같아."

스테판은 쓴웃음을 짓고 작게 탄식했다. 그리고 줄리에타의 허리에 팔을 두르고 그녀의 몸을 공주님 안기로 들어올린 다음, 옆방으로 향했다.

"저, 저기…… 주인님?"

왜 그러는지 올려다보았지만, 스테판은 은밀한 미소를 지을 뿐 그녀를 안아 올린 이유를 얘기하려고 하지 않았다.

스테판이 간 곳은 침실이었다.

퀸 사이즈의 침대가 하나밖에 없고 깨끗하게 정리되어

있다.

그제야 스테판이 자신을 안아 올린 이유를 깨달았지만 할 말이 없었다.

그 부드러운 침대 위에 내려지고, 줄리에타는 몸을 움츠렸다.

"그 '주인님' 이라는 호칭도 고쳐야 한다고는 생각하지 않아?"

움찔움찔 겁에 질린 줄리에타의 양 겨드랑이에 손을 대고 몸을 덮는 스테판을 그녀는 가만히 올려다보았다.

"……하지만 바로는……."

뒤에서 몰래 스테판님이라고 부르고 있던 것은 비밀이다. 게다가 본인을 눈앞에 두자 아무리 해도 '주인님' 이라고 부르고 마는 것이다.

"꽤 오래 그렇게 불렀으니까, 금방은 무리일지도 모르지만……."

바로 앞에서 그의 얼굴이 보여서 줄리에타는 숨을 삼켰다.

백금발로 색칠된 미모가 보는 사람 모두를 녹이는 듯한 미소를 짓고 있었다.

"나는 이제 너의 주인이 아니라 남편이 될 거니까, 조금씩이라도 고쳐 나가자. 알겠지?"

남편이라는 감미로운 울림에 가슴이 두근두근 뛰었다.

스테판이 결혼하고 옆에 있을 수 없게 될지도 모른다고 불안했던 나날들은 끝난 것이다.

꿈을 꾸는 듯한 시선으로 스테판을 올려다보고 있자 갑자기 그의 입가가 심술궂은 모양으로 올라갔다.

"단추, 풀어도 될까?"

"……묻지 마세요……."

부끄러움에 눈동자를 글썽거리고 말았다. 줄리에타는 그의 시선에 견디지 못하고 눈을 이리저리 움직였다. 그러자 스테판은 자조적인 미소를 보였다.

"한심한 얘기지만, 너에게 닿고 있다고 생각하면 손이 떨려 버려."

"거짓말……."

전에 한 번 줄리에타를 안았을 때에는 그런 모습을 보이지 않았다.

삐친 말투로 대꾸하자 스테판은 가볍게 어깨를 들썩였다.

"정말이야. 나를 의심하는 거야?"

그런 음란한 짓을 많이 했던 주제에. 스테판의 말 따위 믿을 수가 없었다.

완고하게 믿으려고 하지 않는 줄리에타를 앞에 두고 스테판은 한쪽 눈썹을 올렸다.

"내가 얼마나 너를 좋아하는지 알려줄 필요가 있는 것

같군."

그리고 천천히 잠옷의 단추가 풀려갔다.

아래에는 아무것도 걸치지 않았다. 드러난 봉긋한 가슴에 피부에 소름이 돋았다.

줄리에타의 몸을 가만히 바라보는 푸른 눈동자에 그녀는 부끄러워서 도망치고 싶어졌다.

"……너, 너무 보지 마세요."

떨리는 목소리로 호소했지만, 스테판은 이해할 수 없다는 듯이 고개를 갸웃거렸다.

"어째서?"

여성을 다루는 데에 익숙한 그가 모를 리가 없을 텐데…….

아니면 평범한 여자는 자신의 피부를 드러내는 것에 저항감이 없는 것일까?

"부끄러우니까요."

스테판밖에 경험이 없는 줄리에타에게는 아무것도 알 수 없었다. 그냥 그렇게 호소할 수밖에 없었다.

"이렇게나 아름다운데?"

스테판의 손이 몸의 라인을 더듬는 듯이 줄리에타의 배로 기어 내려오고, 그녀는 몸을 비틀며 봉긋한 가슴을 출렁거리게 했다.

"응…… 으……."

간지러워서 견딜 수 없었다. 그의 시선에조차 오싹오싹 하는 것을 멈출 수 없었다.

"엷은 색의 돌기가 뾰족하게 서 있어서 무척 사랑스러워."

감탄한 모습으로 스테판이 중얼거렸다. 그리고 줄리에타가 대꾸할 틈도 없이 말이 이어졌다.

"먹어도 될까?"

사람의 몸의 일부를 먹을 수 있을 리가 없다.

자신을 놀리고 있다고 생각하고 줄리에타는 울 것처럼 얼굴을 찌푸렸다.

"……앗! 주인님. 이 이상한 말을 하면…… 이제……."

이런 행위는 계속할 수 없다. 그렇게 말하고 싶었다.

그러나,

"이제……? 계속 말해 봐. 나에게서 떨어지겠다고 할 셈이었어?"

빈정거리는 미소를 짓는 스테판의 얼굴이 왠지 무섭다고 생각되었다.

"어…… 저기……."

왠지 굉장히 무서운 것을 앞에 두고 있는 듯한 착각조차 느껴졌다.

"가능할 리가 없잖아."

줄리에타에게 타이르는 듯이 스테판이 중얼거렸다.

"너는 나를 사랑하고 있고…… 나는 결코 너를 놓지 않을 거니까."

그리고 스테판은 줄리에타의 입술에 입을 맞추었다.

"……응…… 읍."

스테판의 입맞춤은 능숙했다. 입술이 겹쳐지고 서로의 혀를 탐하며 입안이 더듬어져서 줄리에타는 언제나 녹아내릴 것 같은 쾌감에 빠져 버렸다.

"……하아…… 아…… 앗."

각도를 바꿔서 몇 번이나 입이 맞춰지고 황홀한 표정을 띠고 있자 그 모습을 본 스테판이 쿡쿡 웃었다.

"나와 하는 키스는 마음에 들었어? 그렇다면 다음에는 다른 것을 마음에 들게 해줄까?"

떨어지는 입술을 줄리에타는 아쉬운 듯이 바라보았다.

좀 더 키스를 계속하고 싶었다. 그의 예쁜 입술로 뜨거운 숨결이 새어 나오는 입을 막고 아무 생각도 할 수 없을 정도로 휘저어주길 바랬다.

"……아……."

욕심이 난다는 듯이 그를 바라보고 있었다는 것을 깨닫고 줄리에타는 얼굴을 돌렸다.

어쩜 이렇게 음란한 것을 생각해 버린 걸까?

줄리에타가 동요하는 사이에도 스테판은 코끝을 문지르는 듯이 그녀의 목덜미를 입술로 더듬어 갔다.

"하……앙! 주인…… 님. ……간지러워…… 요……."

달콤한 신음 소리를 내뱉으며, 줄리에타가 그렇게 호소했다. 그러나 스테판은 입술을 떼려고 하지 않았다. 쇄골과 가슴 부근에까지 미끄러져 내려가면서 핥거나 빨거나 하는 행위를 반복했다.

너무나도 간지러워서 줄리에타는 고개를 뒤로 젖혀 버렸다.

"으응……!"

요염하게 꿈틀거리는 몸에 스테판의 손이 기어다녔다.

부드러운 봉긋한 가슴을 손으로 감싸고 반대쪽의 돌기를 입술로 품었다.

그리고 음란한 손놀림으로 가슴을 주무르며 동시에 가슴 돌기가 뜨겁게 젖은 혀로 굴려지기 시작했다.

"아…… 앗, 응아…… 싫, 아앗."

세게 빨아들이는 감촉에 간지러움과 짜릿하다 못해 저릿한 감각이 몸을 누볐다.

줄리에타는 달콤한 신음 소리를 내고 시트에 등을 비비는 듯이 몸을 흔들고 말았다.

"뭐가 싫은지 말해봐."

혀끝으로 단단하게 솟은 돌기를 문지르면서 스테판이 물었다.

"그렇게…… 빨지 마……."

빨지 말아 달라고 했는데, 말과는 반대로 스테판은 세게 돌기를 쪽 빨아들였다.

"응……으……. 안 돼…… 요…… 읏."

굉장히 느끼기 쉬운 곳에 하는 애무에 신음 소리를 죽일 수가 없었다.

"나에게 빨려서 싫어?"

싫은 것은 음란하게 반응해 버리기 때문이다. 스테판에게 당하고 있는 것이 싫은 게 아니다.

"하아…… 응…… 읏. ……아니…… 아……."

숨을 흐트러뜨리면서 단지 그렇게만 말하자 스테판은 만족한 듯이 고개를 끄덕였다.

"그러면 좋아하는구나. 음란한 아이다."

줄리에타는 좋아한다고 한 적은 없었다.

그런데도 스테판이 일방적으로 단정을 지어서, 부끄러운 나머지 얼굴을 찡그려 버렸다.

"……주…… 주인님은…… 심술…… 앗."

눈물에 다갈색의 눈동자가 젖어 버렸다. 토라진 표정을 짓는 그녀를 스테판은 즐겁게 바라보고 있다.

"그런 귀여운 얼굴을 보면…… 좀 더 무언가 말하고 싶어져."

이제 아무 말도 듣고 싶지 않았다.

……부탁이니까 아무 말도 하지 말아줘.

"싫…… 아…… 앗."

밤색 머리카락을 흩트리며, 붉은 입술을 깨물면서 몸부림을 쳤다.

"……좋아하는 것은 나쁜 게 아니야. 네가 느끼고 있다면 나도 기쁘니까."

그렇게 말하고 스테판은 더욱 격렬하게 줄리에타의 돌기를 핥아 굴렸다.

"자, 나의 귀여운 줄리에타. 좋아하는 만큼 느껴봐."

스테판이 민감한 돌기의 옆면에 혀를 기어가서 빙글빙글 문지르자 짜릿한 쾌감이 줄리에타의 온몸에 퍼져 갔다.

"응…… 읏, 흐응…… 앗, 안 돼요…… 저, 전…… 읏."

입술을 계속 깨물고 있을 수도 없어서, 줄리에타는 몸을 뒤로 젖히면서 비통한 소리를 냈다.

"왜 그래?"

스테판은 물으면서도 그녀의 가슴을 농락하는 행위를 멈춰주지 않았다.

"가슴만…… 부끄러워요……. ……이런 건…… 이제……."

격렬한 쾌감에 익숙하지 않은 줄리에타는 가슴에 하는 애무에 견디지 못하고 그만 눈가에 눈물이 맺히고 말았다.

"다른 곳이라면 부끄럽지 않은 거야?"

그렇게 말하고 그는 겨우 가슴을 놓아주었다. 그러나 이번에는 말할 필요도 없이 그녀의 다리를 잡고 발가락을 빨기 시작한 것이었다.

"그…… 그런 델…… 핥지 마세……."

너무 동요해서 줄리에타는 졸도해 버릴 것 같았다. 귀족인 스테판이 고용인인 자신의 발을 핥다니, 말도 안 되는 일이다.

발가락 사이나 발톱까지 꼼꼼히 혀를 배회하고 있던 스테판은 불만스럽게 물었다.

"어디를 만져도 불만이 나오는군. ……너는 정말로 나를 좋아하는 거야?"

줄리에타는 눈을 크게 떴다.

"……의심하지 말아주세…… 정말로 전……."

스테판이 싫은 것이 아니다.

그가 하는 일은 놀라울 뿐이라, 줄리에타는 어떻게 하면 좋을지 알 수 없었던 것이다.

"그럼 어째서 싫어하는 거지?"

물어보는 말에 기어드는 목소리로 대답했다.

"부끄러워…… 요……."

"그렇다고 해서 네가 저항하고 있으면 어디도 만질 수 없게 되어버리지만."

"……하, 하지만……."

질려 버린 것일까?

줄리에타는 불안으로 견딜 수 없어졌다. 슬프게 고개를 숙이고 얼굴을 찡그리고 있자 스테판은 안심시키는 듯이 줄리에타의 머리를 쓰다듬었다.

"그렇다면 네가 나를 만져볼까?"

그렇게 말하고 스테판은 푹신푹신한 하얗고 큰 베개를 등에 대고 천천히 침대에 누웠다.

"……네?"

무슨 의미일까?

흐트러져 있던 잠옷의 옷깃을 모아 쥐고 줄리에타는 몸을 움츠리면서 침대에 살포시 앉았다.

"……이리 와. 줄리에타."

요염한 시선을 보내며, 그는 가슴의 단추를 천천히 풀어갔다.

"……앗!"

그제야 스테판의 말을 이해했다. 줄리에타에게 아까의 그와 똑같은 짓을 하라고 말하고 있는 것이다.

무리야.

떨면서 살짝 머리를 저었다. 그러나 스테판이 슬픈 듯이 물었다.

"나에게 닿는 것은 싫어?"

그런 말을 들으면 거절할 수 없다.

당황하는 사이에도 팔이 당겨지고 그의 몸 위에 올라가

게 되었다.

"……저, 저, 저기…… 앗."

줄리에타는 몸을 마주 대하는 것조차 만족스럽게 할 수 없는데, 리드를 해야 한다니 무리한 얘기다.

무리라고 호소하려고 했을 때.

"손을 내밀어 봐."

줄리에타의 가냘픈 손이 쥐어지고 스테판의 단단한 가슴에 대어졌다.

축축한 감촉에 무심코 손을 뺄 뻔했지만, 그에게 잡혀 있기 때문에 뗄 수는 없었다.

스테판의 가슴에 손을 두고 있자 심장이 뛰고 있는 소리가 전해져 왔다. 격렬한 고동이었다.

줄리에타의 심장 소리와 다르지 않을 정도다.

"긴장하고 있는 것은 너만이 아니야. ……알겠지?"

그것은 스테판도 줄리에타를 사랑스럽다고 생각해 주고 있다는 증거였다.

그의 질문에 그녀는 솔직히 고개를 끄덕였다.

"너를 만질 수 있다는 행복에 어찌할 바를 모르고 심장이 뛰고 있어. ……똑같이 너도 느껴주고 있다면 기쁘겠는데."

기뻐서 가슴이 가득 채워졌다.

스테판이 좋다고 생각하는 마음이 전해졌으면 해서 줄리

에타는 충동적으로 그의 몸에 매달렸다.

"저도……. 기뻐…… 요."

닿은 피부에서 온기가 전해져 왔다. 그 기분 좋음에 계속 젖어 있고 싶었다.

스테판은 상냥하게 그녀의 머리카락을 쓰다듬고 볼에 키스를 반복했다.

"줄리에타, 얼굴을 들어. 그 상태라면 키스를 할 수 없어."

그는 달콤하게 그렇게 속삭이고 줄리에타의 얼굴을 들어 올렸다. 그리고 입술이 겹쳐졌다.

"응……. 읍…… 읏."

미지근한 혀가 입안으로 들어와서 줄리에타의 혀와 얽혔다.

민감한 혀 위를 비비는 감촉을 좀 더 주길 바랐다. 줄리에타가 스스로 응하기 시작하자 입맞춤은 더 깊고 격렬해져 갔다.

"……하…… 아…… 응응…… 읏."

서로의 입에서 흘러나온 타액이 입가를 적시고 있었다. 거기에 신경 쓸 여유도 없이 몇 번이나 키스를 반복했다. 미끈거리는 점막이 뜨거운 혀에 더듬거려져서 서로 문지르는 입술이 짜릿했다.

그리고 충분히 키스를 나눈 후, 스테판이 낮고 요염함을 띤 목소리로 말했다.

"좀 더 나를 만져주지 않을래?"

줄리에타의 몸은 고열에 달뜬 것처럼 뜨거워져 버리고 있었다.

머릿속이 뿌옇게 안개가 끼어 있고, 그의 체온을 좀 더 느끼고 싶다는 충동을 멈출 수 없었다.

"……네……."

줄리에타는 다시 스테판에게 매달려 그의 목덜미에 쪽 입을 맞추었다.

그러나 창피해서 바로 얼굴을 들고 눈을 내리깔고 있자 입술에 손가락이 대어졌다.

"그것만으로는 허전한데……."

그 손가락이 줄리에타의 입안으로 밀어 넣어졌다.

"핥아."

스테판에게 명령을 받은 대로 그녀는 혀를 움직였다.

"하…… 흐…… 읏, 응응."

손가락으로 훑는 듯이 빨아올리고 있자 혀끝이 문질러져서 짜릿한 감각이 밀려왔다. 줄리에타는 무아지경이 되어, 손가락에 혀를 문질러 버렸다.

"내 손가락이 좋아?"

그러나 스테판이 그렇게 말하고 쿡 웃어서 줄리에타는 수치심에 움직임을 멈추었다.

자신은 대체 무슨 짓을 하고 있었던 걸까?

볼을 붉게 물들이면서 그의 가슴 위에서 어깨를 움츠렸다.

그러자 젖은 손가락이 입안에서 빠졌다. 줄리에타가 그만 아쉬워하는 듯이 그것을 바라보고 있자, 스테판이 반대편 손으로 상냥하게 머리를 쓰다듬었다.

"……이왕이면 다른 곳도 사랑해 주길 바라지만."

유혹하는 듯한 목소리에 줄리에타는 주저하며 그의 몸을 손으로 더듬거렸다. 그러자 좀 더 만지고 싶은 욕구가 생겨났다.

줄리에타는 긴 속눈썹을 내리깔고 그의 매끄러운 피부에 입술을 댔다.

"응……."

입술에 피부가 스치는 감촉이 기분 좋아서 달콤한 한숨이 새어 나왔다.

"그대로 핥아봐."

시키는 대로 살며시 매끄러운 피부에 혀를 뻗어나가자 그의 체취가 코끝을 간질였다.

"……하…… 후…… 읏."

몇 번이나 같은 행위를 반복하고 있자 스테판이 속삭이는 듯이 말했다.

"가슴도…… 괜찮을까……."

고개를 끄덕이고 여자와는 전혀 다른 작은 돌기에 혀를 뻗었다. 그러자 끝이 볼록 딱딱해졌다.

"아……."

처음으로 보는 광경에 무심코 몸이 움찔 경직됐다.

"마치 겁을 내며 꼬리를 치켜든 아기 고양이 같아서 귀여워."

그 말에 줄리에타는 자신은 이제 어린애가 아니라는 저항심이 솟구쳐 올랐다.

사랑하는 스테판에게 계속 여동생 같이 대해지고 있던 불만이 이제 와서 폭발해 버린 걸지도 모른다.

"……응."

줄리에타는 스테판이 언제나 하는 것처럼 그의 작은 돌기를 빨아올리고, 혀끝으로 굴리는 행위를 반복하기 시작했다.

"……이거 참, 줄리에타……."

그의 몸이 굳어지는 것이 느껴졌다. 그리고 숨을 삼키는 것이 전해져 왔다.

스테판도 느끼고 있는 것이다. 그렇게 생각하자 핥는 행위에 열중하게 되었다.

"응응! ……크…… 으응…… 하아…… 응."

혀를 움직일 때마다 오싹오싹한 떨림이 온몸에 퍼져 갔다.

이런 음란한 일을 스스로 하고 있는데, 어찌할 수 없는 몸의 열이 밀어 닥쳐왔다.

“정말로 너는 짓궂은 아기 고양이야.”

쉰 목소리로 스테판이 중얼거렸다. 그러나 아까까지의 여유는 없는 것 같아서, 환희에 마음이 떨렸다. 줄리에타가 그의 가슴을 필사적으로 핥으며 매달리고 있자 허벅지에 단단한 감촉이 닿았다.

“……하…… 으응…… 읏.”

움찔 몸을 떨면서 줄리에타가 아랫도리에 시선을 향했다. 그러자 닿고 있는 것이 그의 욕망이라는 것을 깨닫고 숨을 삼켰다.

단단해져 있는 것은 그의 아랫도리의 중심이다.

“네가 그런 식으로 만지니까 이렇게 된 거야.”

부끄러워하는 기색도 없이 스테판은 즐겁게 말하고, 당황하는 그녀의 앞에서 바지를 벗어 던졌다. 그리고 부풀어 오른 욕망을 꺼냈다.

“……이쪽은 사랑해 주지 않을 건가?”

사랑한다. 즉 만지라는 것.

가슴이나 피부와는 전혀 다른 곳이다. 똑같이 할 수는 없다.

긴장에 몸이 굳어져 있자 스테판이 그녀의 이름을 불렀다.

"줄리에타."

살며시 그를 바라보자 그가 요염한 표정으로 바라보고 있는 것을 깨달았다.

"……저, 전……."

도망치고 싶다.

그러나 줄리에타의 입맞춤으로 느끼고 있는 그의 반응이 뇌리를 스치고, 안 된다는 것을 알고 있어도 만져보고 싶은 욕구에 휩싸였다.

"혼자서 부끄럽다면 나도 함께해 주지."

잠옷 바지가 끌어 내려지고 다리가 벌어진 자세로 엉덩이를 스테판에게 향하게 되었다.

눈앞에 있는 것은 그의 욕망이다. 생생한 조형에 숨을 삼키는 사이에, 줄리에타의 아랫도리 중심에서 스테판의 젖은 혀가 음란한 움직임으로 꿈틀대기 시작했다.

"싫…… 아앗."

부끄러움에 허벅지를 오므리려고 했지만, 그의 얼굴을 끼우게 될 뿐이었다. 줄리에타가 도망칠 수 없는 채로 그곳을 비집고 들어온 스테판의 뜨거운 혀가 입구나 꽃잎을 쪽쪽 소리를 내며 핥아갔다.

"……흐아…… 앗, 아, 아아……."

민감한 곳이 훑어져서 몸부림치면서도 줄리에타는 아직 그의 것에 손을 뻗지 않고 있었다.

"부끄러워할 필요 없어. ……서로 사랑한다면 누구나 같은 일을 하고 있어. ……네가 못할 리가 없어."

거절하면 줄리에타가 스테판을 사랑하고 있지 않은 게 되고 만다.

치사해.

그렇게 말하고 싶었지만, 비난해도 말로 져버릴 것은 뻔히 보였다.

그곳을 혀로 애무당하는 쾌감을 견디면서 줄리에타는 어쩔 수 없이 스테판의 것에 살며시 닿았다.

그러나 처음으로 만지는 감각에 움찔 몸을 움츠려 버렸다.

"아…… 앗."

부풀어 오른 단단한 것은 꿈틀꿈틀 맥박이 뛰고 있었다. 그것을 눈앞에 두고 줄리에타는 꿀꺽 침을 삼켰다.

"이쪽도 핥아봐. 네 사랑스러운 그 입으로 물어."

핥으라니 무리라고 생각했다. 만지는 것조차 두려워지고 있는데.

"주, 주인님……."

도움을 바라는 듯이 그를 불렀지만, 슬픈 목소리로 말이 되돌아왔다.

"할 수 없다면 상관없어. ……나만 너를 사랑하니까."

스테판을 사랑하고 있는 것은 줄리에타도 마찬가지다.

그것을 증명하고 싶어서 그녀는 울 것 같으면서도 각오를 다졌다.

"하…… 할 테니…… 까……. 응응."

눈을 꼭 감고 부풀어 오른 그것의 머리를 입술에 물었다.

"익숙하지 않으니까, 무리할 필요는 없어."

뜨거운 숨결이 그곳에 닿아서 오싹 소름이 돋았다.

"응……할 수 있…… 엇, 응응."

줄리에타는 스테판의 큰 욕망을 입에 문 채로 잘 돌아가지 않는 입으로 대꾸했다.

"정말로 너는 귀여워."

쿡쿡 목 안쪽에서 웃음을 억누르는 소리에 더욱 부끄러워지고 말았다.

"하흐…… 읏. 응, 응응……."

그래도 줄리에타는 음란한 그것을 입안에 감싸고 혀를 계속 움직였다.

"음란한 꿀이 흐르고 있어. ……여기에 넣길 원해?"

몸을 펄떡대는 줄리에타의 그곳을 핥으면서 스테판은 꿈틀대는 입구를 손가락으로 더듬거렸다.

"……응! 흐읏…… 응응."

줄리에타가 대답하지 못하고 있자 그대로 입구를 가르고 손가락이 안으로 들어가 버렸다.

"……뜨겁네. 게다가 달라붙고 있어. 나에게 안겼던 감촉을 기억하고 있나?"

뜨거운 것에 그곳이 넓혀졌던 감촉이 뇌리에 스치고 가슴이 괴로워졌다.

그 격렬한 통증은 다시는 견딜 수 없지 않을까 하고 생각했을 정도다.

"이제 그런 식으로 아프게 하지는 않을 거야. 안심하고 몸을 맡겨."

그 말이 거짓말은 아니라는 것을 증명하는 것처럼, 그의 손놀림은 굉장히 부드러웠다.

그러나 펄떡대는 몸은 좀 더 강한 것을 원한다는 듯이 허리를 흔들기 시작하고 있었다.

"여기를 핥으면 느껴지지?"

꽃잎 같은 민감한 곳을 뜨거운 혀로 핥자 그녀의 움찔 몸이 튀었다.

"응, 응으읏!!"

맥박 치는 스테판의 것으로 입이 막혀 있기 때문에 만족스럽게 소리를 낼 수 없는 줄리에타의 코끝에서 억눌린 숨이 새어 나왔다.

"후후. 솔직한 몸이야."

수치심에 떨면서도 줄리에타는 필사적으로 스테판의 것에 타액을 묻히면서 혀를 움직여 갔다.

그러자 천천히 스테판의 허리가 흔들리기 시작했다.

줄리에타는 핥는 것만으로 고작이었다. 게다가 움직임이 더해지자 어떻게 하면 좋을지 알 수 없었다.

당황하는 그녀에게 스테판이 쉰 목소리로 말했다.

"좀 더 안까지 삼켜."

작게 고개를 끄덕이고 목 안쪽까지 그의 욕망을 넣고, 오므린 입술로 훑어 올리는 행위를 반복했다.

"응…… 읏, 응응……."

턱이 경련하듯이 아팠다. 그러나 그것의 머리 부분에서 흘러나온 액체와 그것이 맥박을 치는 것이 혀끝에 전해져 왔다.

줄리에타는 그가 느끼고 있는 증거라고 생각되어서 포기할 마음이 들지 않았다.

"착하다. 줄리에타. 처음 하는 것치고는 매우 잘해."

스테판은 칭찬을 하고 질척질척 소리를 내면서 입구에 넣은 손가락을 크게 휘저었다.

"……흐아…… 응응!"

줄리에타의 안쪽을 억지로 여는 듯이 그의 긴 손가락이 좌우로 벌어져서 몸이 움찔했다. 그리고 그의 혀끝이 민감한 곳을 문지르기 시작했다.

"응, 응응."

그러자 줄리에타는 몸부림치는 것을 멈출 수 없게 되었다.

"다리가 경련하고 있군. ……갈 것 같아? 나를 놔두고 가다니 너무한 아이군. 아직 나에게 안기지도 않았는데."

비난하는 말 치고는 스테판은 굉장히 즐거운 듯한 목소리를 하고 있었다.

"으응…… 응응!"

줄리에타의 몸 안쪽에서 격렬한 희열이 솟구쳐 올라왔다.

그녀는 스테판의 것을 입에 문 채로 어찌할 바를 모르고 흥분하고 있었다.

"……괴로워…… 요…… 이, 이제."

입안에서 스테판의 것을 슥 내뱉고 줄리에타는 필사적으로 호소했다.

"이쪽으로 돌려."

시키는 대로 몸을 스테판의 얼굴 쪽으로 향하자 다리를 걸치고 있는 자세로 그에게 기대게 되었다.

"허리를 올려."

줄리에타는 떨리는 손을 그의 가슴에 두었다. 그러자 부들부들 몸이 떨리고 말았다.

하지만 필사적으로 스테판의 말대로 허리를 올렸다.

"솔직한 아이는 정말 마음에 들어. 자. 줄리에타…… 몸의 힘을 빼봐."

그렇게 말하고 스테판은 그녀의 그곳 사이에 단단한 그

것을 대었다.

"아……앗. 주인님……. 이런 자세…… 로?"

줄리에타는 그가 자신을 이대로 안을 생각이라고, 지금에서야 깨달았다.

"내 위에 탄 것이 마음에 들지 않나?"

스테판의 말은 줄리에타의 도망칠 길을 막는 것처럼 생각되었다.

"……그런 말만, 하지 마…… 세요."

줄리에타는 목구멍을 떨면서 스테판을 비난했지만, 그는 모르겠다는 것처럼 어깨를 들썩였다.

"어떤 말이 불만이지?"

즐거운 듯이 웃는 얼굴은 모두 꿰뚫어 보고 있다고밖에 생각되지 않았다.

평소에는 상냥한데, 그녀의 몸에 닿고 있을 때의 스테판은 역시 짓궂다.

"자, 천천히 허리를 내려."

몸의 안쪽이 굉장히 저릿거리고 있었다. 애달픈 몸을 가라앉히고 싶어서 줄리에타는 그의 말대로 허리를 내렸다.

"응…… 응아…… 앗."

입구를 가르고 타액에 젖은 스테판의 것이 푹 들어왔다.

"……크…… 으…… 응응."

그러자 줄리에타의 그곳이 경련하며 격렬한 짜릿함이 아

랫도리에서 북받쳐 올랐다.

"자. 잘 됐지?"

그대로 휘젓는 것처럼 허리가 흔들리고 줄리에타의 몸이 움찔움찔 튀었다.

"하아…… 앗, 아, 아앙…… 주, 주인…… 님…… 읏. 안…… 에…… 들어와……."

줄리에타가 머리카락을 흩날리면서 어깨를 흔드는 모습을 스테판은 즐거운 시선으로 바라보고 있다.

"……응…… 읏으응…… 앗."

굵은 그의 것이 끝까지 들어와서 사정없이 가장 안쪽까지 열이 파고들어 갔다.

"앗, 안 돼…… 앗."

줄리에타가 몸을 뒤로 젖히면서 소리를 내자 그녀의 허리를 잡은 스테판의 손이 음란하게 엉덩이의 부드러운 피부를 주무르기 시작했다.

"……하…… 으…… 응, 응응."

몸의 중심을 꿰뚫는 열이 질척질척 소리를 내며 휘저어졌다.

그러나 그 움직임은 둔해서, 애달픈 몸을 자꾸 움직일 뻔했다.

"좀…… 더…… 엇."

촉촉한 눈동자로 애원했지만 스테판은 움직이려고 하지

않았다.

좀 더 채워주길 원해서, 격렬한 희열을 원해서.

"……아, 아…… 앗."

줄리에타는 뜨거운 숨결을 뱉으면서 괴로운 듯이 그를 바라보고 있었다.

"스스로 움직여 봐."

그러자 스테판은 조용히 그렇게 명령해 왔다.

"……무, 무리입……."

스스로 음란하게 허리를 흔드는 것 같은 천박한 짓은 할 수 있을 리가 없었다.

줄리에타는 고개를 젓고 밤색 머리카락을 흔들며, 글썽거리는 눈물로 호소했다.

"역시 나만 너를 좋아한다는 건가……."

스테판이 슬프게 중얼거렸지만, 그녀에게는 협박으로밖에 생각되지 않았다.

"저, 저도…… 주인님을…… 좋아하…… 니까…… 읏."

줄리에타는 누구보다도 스테판을 소중하게 생각하고 있다. 의심받는 것도 괴로웠다.

"……그럼 할 수 있어?"

분함과 슬픔이 뒤섞인 감정에 괴로워져서 줄리에타는 입술을 깨물었다.

이제 시키는 대로 할 수밖에 없을 것 같았다.

"후…… 아, 아아…… 싫…… 앗."

흐느끼면서 줄리에타는 천천히 허리를 흔들기 시작했다.

맥박 치는 스테판의 것이 질질 끌려 나가는 상실감에 전율이 흘러갔다. 그리고 허리를 내리자 단단한 것에 꿰뚫리는 충실감에 빙글빙글 현기증이 났다.

"아아. 좋아……. 매우 기분이 좋아."

그러자 스테판이 만족한 듯이 중얼거리는 것이 들려왔다.

"저, 정말로…… 읏."

"그래. 물론이야."

아까까지는 울고 싶을 정도로 괴로웠는데, 그가 기뻐하고 있다고 생각하자 자연스레 스스로 허리가 흔들리고 말았다.

"좀 더, 가득…… 할…… 테니까……. 주인님도…… 읏."

줄리에타는 불안한 움직임으로 허리를 흔들어 갔다.

그의 것이 줄리에타의 그곳을 꿰뚫고, 그리고 빠져나갔다.

가장 안쪽까지 꿰뚫자 내벽이 수축하며 그의 형태가 생생하게 전해졌다. 그리고 빠져나갈 때마다 격렬한 쾌감이 퍼져 나갔다.

"……아으…… 응, 응응, 안쪽…… 가득……."

이성이 망가진 짐승처럼 음란하게 허리를 마구 흔들기 시작하자, 스테판도 그에 맞춰서 쳐올리는 움직임을 더해갔다.

"응…… 앗, 아응…… 읏."

그의 것이 파고드는 감각이 견딜 수 없었다. 봉긋한 가슴을 흔들며 줄리에타는 요염한 교성을 지르고 말았다.

"줄리에타. ……사랑해."

스테판의 쉰 목소리가 더욱 욕망을 부추겼다.

"앗, 아앙…… 읏."

단단한 것이 질척질척 음란한 소리를 내며, 꿈틀대는 입구를 열고 크게 휘저어갔다.

그렇게 하자 내벽이 늘어지고 단단한 것이 문질러졌다.

"응…… 앗, 아아앗, 이 이제…… 앗, 전…… 읏."

줄리에타가 부르르 몸을 떨자 스테판이 입가를 끌어올렸다.

"안 돼. 아직…… 부족해."

그리고 줄리에타의 몸이 갑자기 침대에 눕혀졌다.

"싫어…… 읏, 주…… 주인…… 님."

열에 들뜬 듯한 표정으로 줄리에타가 그를 보자, 한쪽 다리가 굽혀지고 옆으로 안긴 자세로 그것이 쳐올려졌다.

"흐아…… 아앗."

그의 것에서 흘러나온 액이 문질러지고, 들락날락할 때

마다 그것에 휘저어져서 거품이 인 점액이 밖으로 흘러나오고 있었다.

끼익끼익 침대에서 소리가 나고, 격렬한 움직임을 시작한 스테판에게 농락당해 줄리에타는 괴롭게 신음을 흘렸다.

"싫…… 앗, 아아……. 그런…… 격해……."

온몸이 덜덜 떨렸다. 처음에 안겼을 때는 통증을 참는 것에 필사적이었는데, 지금은 음란한 희열에 삼켜질 것 같아서 그저 두려웠다.

"네가 너무 귀여운 탓이야."

그렇게 말하는 스테판이 단단하게 솟은 돌기를 손가락 사이로 비비며 가슴을 주물렀다.

"……으응, 응응."

안긴 다리의 무릎이 반대쪽 돌기까지 자극해서 온몸이 짜릿해졌다.

"정말로 죄가 많은 아이군. 이렇게 열중하게 되어서야, 저택에 돌아가도 아무것도 손에 잡히지 않을 것 같아."

스테판에게 입술이 빼앗기고 짜릿하게 혀가 뒤엉켰다.

"응, 응응."

좀 더 온몸을 스테판이 빼앗아주길 원했다.

음란하게 꿈틀대는 몸 전부를 만져주길 원했다.

그러나 느끼는 곳이 쳐올려지자 줄리에타는 저항의 말을

입 밖으로 꺼내고 말았다.

"싫어…… 앗…… 거기, 찌르지…… 주, 주인님…… 읏으으응……."

그러나 스테판은 그 말을 듣고 더욱 느끼는 곳을 찔러 올렸다.

"……아, 아, 아아앗앗, 이…… 제, 정말로…… 무……리…… 으읏응!"

머릿속이 끈적끈적하게 녹아내릴 것만 같았다.

싫어하는 말을 하면서도 쾌감에 몽롱해진 줄리에타는 좀 더 원한다는 듯이 허리를 흔들고 말았다.

"무리가 아니잖아. ……봐봐. 여기…… 쳐올릴 때마다, 기쁘다는 듯이 조여와."

스테판은 질척질척 소리를 내면서 뜨거운 것으로 느끼는 곳을 들락날락하며 문질러 갔다.

종횡무진으로 허리가 마구 흔들려서 줄리에타는 환희의 비명을 질렀다.

"아응…… 아, 아아…… 읏!! 주인님…… 어째서…… 저, 전…… 이상……."

눈물로 눈가를 적히면서 줄리에타는 크게 등을 휘었다.

"좋아하는 만큼 흐트러져. 나도 너에게…… 미쳐가고 있어."

음란하게 수축하는 그곳을 쳐올리는 스테판의 욕망이 크

게 흔들리고 줄리에타는 참지 못하고 한층 더 새된 교성을 질렀다.

"앗, 앗, 아아!!"

격렬한 황홀경에 휩싸여서 의식을 잃어버릴 뻔한 줄리에타를, 스테판이 사정없이 계속 쳐올렸다.

"이…… 이제…… 앗. 싫…… 엇! 아, 앗아아앙…… 읏!"

그리고 찾아온 격렬한 절정에 내벽을 조이며 부들부들 경련하는 줄리에타를 안아 당기고, 스테판은 부르르 몸을 떨면서 뜨거운 액을 그녀의 안에 쏟아냈다.

"줄리에타……. 크윽……하아…… 읏."

땀이 줄줄 흘러나와서 목덜미나 등을 적시며 떨어져 갔다.

"하아…… 앗, 하아……."

줄리에타는 숨을 거칠게 쉬면서 축 처져서 침대 위에서 몸을 이완시켰다.

"사랑해. 무슨 짓을 해서든지 놓지 않아."

줄리에타의 멀어져 가는 의식 속에서 그런 스테판의 목소리가 들려온 기분이 들었다.

* * *

아침의 스테판의 침실, 굉장히 냉정한 목소리가 울렸다.

"이유를 물어도 될까?"

그것은 메이드 복장으로 그를 깨운 줄리에타에게 던져진 말이었다.

"……저, 저기……."

이 배당받은 메이드 옷은 별장에 갖춰져 있던 것이다. 에이프런을 꽉 잡으며, 그녀는 대답에 곤란해하고 있었다.

"뭔가 문제가 있습니까?"

길게 자란 앞머리는 이제 잘라 버렸기 때문에 줄리에타의 얼굴을 가리는 것은 아무것도 없었다. 스테판은 창백한 표정을 띤 그녀의 팔을 잡고 침대로 당겼다.

"아…… 앗. 주인님!"

갑자기 팔이 당겨져서 줄리에타는 스테판의 가슴에 안기게 되었다.

그리고 그대로 그는 큰 쿠션 위로 쓰러졌다.

"너는 나와 결혼할 몸이잖아. 언제까지고 고용인 차림을 계속하면 곤란해."

스테판의 몸 위에 덮쳐진 듯한 자세가 되자 처음으로 안겼던 날의 일이 떠올랐다.

줄리에타는 부끄러운 나머지 졸도할 것 같으면서도 그의 잠옷을 꽉 잡았다.

"어째서 그런 차림을 하고 있는지 들려주실까? 나와 결혼할 마음이 없어졌다는 건가?"

줄리에타가 스테판과 결혼하고 싶지 않다고 생각할 리가 없었다. 계속 옆에 있고 싶다고 진심으로 바라고 있었는데.

"아, 아니에요."

당황하며 부정하자 단정한 미모가 다가와서 가만히 눈동자를 바라보았다.

그는 화가 났는데, 언제까지나 익숙해지지 않는 그의 아름다움에 한숨이 나올 것 같았다.

"그럼 왜지?"

이런 말을 하면 어이없을 거라는 건 알고 있었지만, 이제 숨길 수 없었다.

"주인님을…… 깨우는 일을 다른 사람에게 양보하고 싶지 않았어요."

주저하면서 대답하자 스테판은 고개를 갸웃거렸다.

"어째서?"

그는 진심으로 이유를 모르는 것 같다.

"왜냐하면…… 언제나 잠꼬대를 하셔서 깨우러 오는 상대를 껴안으시니까……."

안는 것만이 아니다. 침대로 끌어들이거나, 키스를 하거나, 목덜미를 빨거나 하는 제멋대로의 일만 하는 것이다. 이런 것을 다른 고용인에게 당하게 하고 싶지 않았다.

"……이런. 내가 그런 일을 하고 있었어?"

물어보는 스테판의 목소리는 왠지 즐거워 보였다. 줄리

에타에게는 웃을 일이 아닌데도.

"네."

"그러니까 다른 사람에게 그렇게 하는 게 싫어서."

그리고 드디어 스테판은 쿡쿡 소리를 내며 웃기 시작했다.

"웃지 마세요."

줄리에타가 전부터 진심으로 고민하고 있던 것이다. 그것을 별일 아니라는 듯이 웃어넘기는 것은 아무리 그녀라도 화를 숨길 수 없다. 그만 소리를 크게 지르며 대꾸하고 말았다.

"……아니. 네가 너무나도 귀여워서 웃음을 참을 수 없었어."

스테판은 아직 웃음이 멈추지 않는 듯, 입가를 끌어 올리고 있다.

"정말이지…… 됐어요."

그가 다른 사람을 만지는 게 싫다고 하는 것은 유치한 독점욕일까? 신경 쓰고 있는 것이 자신뿐이라고 생각하자 왠지 울고 싶어졌다.

그러자 스테판은 그렇게 웃었으면서 비장한 얼굴로 물었다.

"정말로 이제 된 거야? 너는 나를 다른 사람에게 깨우게 하기 싫은 거지?"

이제 됐다는 말은 거짓말이었다.

"죄송합니다."

자신의 좁은 마음이 한심해서 줄리에타는 모기 소리만 한 소리로 사과했다.

"사과할 필요 없어. 애초에 나를 깨우는 일 정도는 메이드 옷을 입지 않고도 할 수 있잖아."

그렇게 말하면서 스테판은 줄리에타의 부드러운 볼을 손가락으로 간질이기 시작했다.

"네?"

간지러움에 목을 움츠리면서도 스테판을 바라보았다. 그러자 그는 당연하다는 듯이 내뱉었다.

"매일 밤, 네가 내 옆에서 잠들고 깨워주면 될 일이야."

"……매일……."

스테판의 팔의 온기를 생각하는 것만으로 줄리에타는 마음속까지 채워지는 기분이 들었다. 그런 행복한 일을 해도 괜찮을까?

당황하면서도 고개를 끄덕이려고 했을 때였다.

"그렇지. 이렇게 매일 밤 너를 안고 잠들고 너를 안고 눈을 뜬다. 더 이상의 행복은 없어."

그렇게 말하며 스테판은 그녀의 메이드 옷의 리본을 풀기 시작했다.

아무래도 그는 단순히 잠드는 것만으로 끝낼 생각이 없

는 것 같다.

"그런 헤픈 일…… 할 수 없습니다."

결혼 전인데 하나가 되고 만 것조차 용서받지 못할 일인데.

"헤픈 일? 뭐가? 어렸을 때는 언제나 그렇게 했었잖아."

스테판이 슬프게 중얼거리자 줄리에타는 숨을 삼켰다.

"죄송합니다…… 차, 착각했습니다……."

스테판이 리본을 푸는 장난을 한 탓에 착각하고 말았던 것 같다.

그러나.

"무슨 착각을 했는지 가르쳐 줄래?"

스테판이 성격 나빠 보이는 미소를 지으며 물어서 줄리에타는 새빨개져 버렸다.

왜 이렇게 부끄러운 착각을 해버렸을까? 스테판에게 다른 뜻 같은 건 없었는데.

"몰라요. 식사 준비가 다 됐으니까, 옷을 갈아입으세요."

하지만 줄리에타의 풀린 리본을 고치려던 손이 그에 의해 멈춰졌다.

"그 전에."

그리고 입술이 겹쳐졌다.

침대에 억눌린 채로 그가 입안을 깊게 탐해서, 줄리에타는 몸을 비틀면서 필사적으로 스테판의 가슴을 밀었다.

"……으응…… 읍. ……흐…… 응응."

음란한 키스를 집요하게 반복한 후, 스테판은 겨우 그녀의 입술을 놓았다.

"응…… 응…… 무, 무엇을 하시는 겁니까?"

깨닫고 보니, 에이프런의 끈이 풀리고 꽉 잠겨 있던 셔츠의 단추까지 풀어져 있었다.

눈치채지 못한 사이에 가슴의 계곡이 보이고 있었다. 줄리에타는 귀까지 새빨개지면서 서둘러 옷깃을 모아 쥐었다.

"오늘 밤부터 시작할 일의, 예행연습인데?"

태연하게 말하는 스테판을 앞에 두고 그녀는 아연해졌다. 역시 착각 따위가 아니었던 것이다.

스테판은 매일 밤, 줄리에타를 안으려고 하고 있다.

"주인님. 장난은 이제 그만하시고 옷을 갈아입으세요."

침대에서 내려오려고 했지만, 바로 침대에 파묻히고 말았다.

"농담 같은 걸 할 생각은 없어. 오늘 아침에도 너를 안을 생각이야. 옷을 갈아입는 것은 그 후부터야."

그녀를 아무 말도 못하게 하며 스테판은 줄리에타의 입술에 키스를 반복했다.

"아…… 응응."

그의 손가락이 피부를 더듬거리는 것만으로 초조한 감각

이 몸을 누볐다. 대체 이 몸은 어떻게 되어버린 것일까?

줄리에타는 수치심에 눈동자를 글썽거렸다.

"과거에도 앞으로도 전심전력으로 너만을 사랑해. 줄리에타. 너에게 영원의 사랑을 맹세할게."

강제적인 주인님의 지도에 줄리에타는 농락당할 뿐이었다.

에필로그
진실은 달콤한 감옥 속

스테판 하웨이는 캐노피 침대의 옆에 누워 있는 사랑스러운 신부, 줄리에타를 안으면서 웃었다.

오랫동안 소중히 해왔던 그녀가 겨우 자신만의 것이 된 환희에 도취되었다.

"내가 알아채지 못했다고 진심으로 생각하고 있었나?"

아무것도 모르는 척을 계속하고 있었지만, 사실 로렌스가 처음 그녀를 무도회에 데리고 왔을 때부터 그 아름다운 여성이 줄리에타라는 것 정도는 눈치채고 있던 것이다.

게다가 집사장인 맥스웰에게 전부 보고가 오고 있었다. 로렌스가 줄리에타에게 다가가는 것은 용서할 수 없었지만, 그것도 계획의 하나다. 그래서 맥스웰에게는 그녀의 비밀을 지키기 위해서 협력하도록 명했다.

그 정도의 아름다움을 드러내 보이면 로렌스가 단번에 포기할 거라곤 생각할 수 없다. 그것은 확신이었다.

스테판은 드레스나 보석을 몸에 걸치고 아름답게 꾸미는 일이 그녀에게 변화를 일으키지 않을까 하고 생각했던 것이다.

줄리에타가 아직 어렸을 때부터 스테판은 계속 그녀를 자신의 신부로 하겠다고 굳게 마음에 맹세하고 있었다. 그래서 아내가 사용해야 할 방을 그녀에게 주었던 것이다.

하지만 스테판에게 헌신하는 것에서 줄리에타는 자신의 존재 의무를 찾아내고 있었다.

미래의 신부에게 고생을 시키고 싶지 않다고 생각하고 있었지만, 줄리에타를 고용인으로서 일하게 하고 있던 이유는 그것뿐이었다.

저택 안의 사람들은 어렴풋이 그것을 깨닫고 있었을 것이다. 깨닫지 못한 사람은 줄리에타뿐이다.

그러나 딸처럼, 그리고 동생처럼 소중하게 대해 왔는데, 갑자기 욕망을 드러낼 수는 없었다.

아버지의 그늘에 겁을 먹고 자신감을 잃고 있던 줄리에타의 경계심을 풀고 그녀 쪽에서 먼저 스테판을 사랑하도록 만들어야 했다.

하지만 그녀에게 포박은 통하지 않았다.

아무리 달콤한 말을 속삭여도 그냥 흘려버리고, 여성이 기뻐하는 것을 보내려고 해도 받아주려고 하지 않았다.

그녀만을 특별히 대하고 있는 증거로 온실의 출입을 허락한 일, 그 일에도 의문조차 품지 않았다.

그래서 스테판은 조금씩 그녀의 몸을 만지기로 했던 것이다.

여성으로서의 기쁨에 눈을 뜨게 하고, 몸부터 마음도 성숙하게 만들어가기 위해.

"나는 말이지. 원래는 딱히 잠들지 않아도 괜찮아."

노래하는 듯이 말하고 스테판은 줄리에타의 네글리제 너머로 부드럽고 봉긋한 가슴을 잡았다.

잠꼬대를 하는 척하며, 매일 밤 줄리에타를 안고 일부러 의미심장한 눈동자로 바라보고 있던 고생이 떠올랐다.

스스로 되돌아봐도 한심해질 정도로 눈물 나는 노력이다.

일부러 키스마크를 새기고 모르는 척도 했다.

그녀에게 고함치는 상황이 되어 줄리에타에게는 미안한 짓을 했지만, 사실을 알게 할 수는 없었다.

어디까지나 스테판은 아무것도 모르고 있는 위치를 고수할 생각이었으니까.

어느새 그녀가 자신을 사랑하고 있다는 것을 어렴풋이

깨닫고는 있었지만, 오페라를 권유해도 오케스트라를 권유해도 그녀는 고용인으로서의 태도를 버리지 않았다.

그래서 밤이 되면 푹 잠이 든 그녀에게 입을 맞추고 살며시 몸을 만지는 일까지 하게 되었다.

서서히 스테판의 손의 감촉을 기억하게 만들기 위해서.

"너무 사랑스러워서 나를 억누를 자신이 없어질 것 같았지만……."

작게 신음을 흘리는 그녀의 입술을 탐하고 그녀가 잠꼬대로 자신의 이름을 중얼거릴 때마다, 한심할 정도로 기뻐하고 있었다.

붉은 과실 같은 돌기를 혀로 굴렸을 때에는 차라리 안아버릴까, 라고 몇 번이나 생각했는지 모를 정도였다.

"이제 참을 생각 따위 없어. 이렇게 나를 열중하게 만들다니, 줄리에타는 나쁜 아이구나."

본인이 일어나 있을 때에는 결코 말할 수 없는 말을 했다.

아버지에게 미움 받고 있다고 믿고 있던 그녀는 '나쁜 아이'라는 농담을 진심으로 받아들이기 때문이다.

더러움을 모르는 그녀의 순수한 마음은 매우 사랑스러워서, 남들은 물론이고 자신조차 상처 입히는 걸 용서할 수 없다.

줄리에타의 살짝 벌어진 입술에 입을 맞추고 스테판은

그녀의 아랫도리로 손을 뻗었다.

그러나 축축하게 젖은 그곳을 괴롭혀도 그녀는 깊이 잠든 채 눈을 뜨려고 하지 않았다.

모르는 사이에 습관으로 변해 버린 행위에 몸이 위화감을 느끼지 못하고 있는 것이리라.

"정말로 귀여워. 그러나 이렇게 하면 어떨까?"

천을 벗기고 칠칠치 못하게 누워 있는 그녀의 다리를 안고, 잠들기 전에 관계를 맺은 탓에 젖은 그곳에 자기의 것을 갖다 대었다.

"응…… 읏. 응응…… 읏!"

질척거리는 음란한 소리를 내며 들어가는 것에, 역시 줄리에타도 깬 듯 다갈색의 눈동자를 떴다. 그리고 긴 속눈썹을 깜빡 깜빡거렸다.

"스, 스테판님. 무엇을 하시고 계시는 겁니까?"

줄리에타는 겨우 자신이 놓인 상황을 깨달은 듯, 얼굴이 새빨갛게 되어 호소했다.

"언제까지고 남편인 나에게 존칭을 사용하는 것을 멈추지 않는 신부에게 벌을 주는 중인데, 무슨 문제라도 있어?"

스테판의 말에 줄리에타는 붉은 입술을 떨었다.

"그것은……."

언제까지고 고용인 때처럼 '주인님' 이라고 계속 부르는 그녀에게 이름을 부르게 할 때까지 한 달이나 걸렸던 것이다.

그것이 끝났다고 생각했더니, 아직 존칭을 붙여서 부르고 있다.

귀엽지만 미웠다. 스테판은 그런 복잡한 마음에 휩싸여 있었다.

"……죄송합니다."

울 것 같이 눈동자를 글썽거리면 더 이상 무리한 얘기를 할 수 없어지고 만다.

스테판은 옛날부터 줄리에타에게만은 머리를 들 수 없었다. 그녀 자신은 깨닫고 있지 않은 것 같지만.

"사과보다도 할 일이 있잖아."

화난 척을 멈출 뻔했다. 그것을 참으면서 스테판은 말했다.

그러자 줄리에타는 주저하면서 그의 볼로 손을 뻗어왔다.

"……스…… 스테판……. ……사, 사랑…… 해요……."

그리고 그녀가 주저하면서 이름을 부르고 쑥스러운 듯한 미소를 던지자, 스테판은 이성이 날아갈 뻔했다.

여전히 질이 나쁜 순수함이다.

스테판은 욕망대로 몸을 탐하며, 그녀를 쳐올리고 싶은 충동을 꾹 참았다.

"착한 아이다. 그러면 상을 줄까?"

어디까지나 신사적으로.

그리고 우아하게.

그것이 그녀가 사랑한 '스테판'의 모습이니까.

줄리에타는 스테판을 상냥한 남자라고 믿고 있고, 그녀의 아버지를 도운 일을 감사하고 있는 모습이었다.

그러나 실제로는 새로운 가족을 만들게 해서 그녀가 집에 돌아갈 마음을 없애기 위한 것이었다.

도망칠 길을 막고 자신의 옆에 두기 위한 예방선. 아버지와의 반목을 진심으로 이해할 생각 따위, 전혀 없었다.

그를 위한 희생조차 아끼지 않았다. 하지만 그런 부도덕함은 계속 숨길 생각이다.

그러나 계속 옆에 있으면 언젠가 남편인 스테판의 검은 욕망을 깨닫는 날이 올 게 분명했다.

그때까지.

"부디 나를 좀 더 사랑해 준다면 기쁘겠지만."

결코 도망칠 수 없을 정도로 깊게 이 사랑에 빠지게 해서, 스테판의 품속이라는 감옥 안에 가둬놓고 몇 겹이나 자물쇠를 걸어야 한다.

일단은 시작으로.

"어서 너에게서 우리 둘의 아이가 태어났으면 좋겠는데, 괜찮을까?"

상냥한 미소를 향하자 줄리에타는 새빨개지면서 살짝 고

개를 끄덕였다.

스테판은 성격 나빠 보이는 미소를 띠울 뻔한 것을 참고, 사랑스러운 그녀의 입술에 입을 맞추고 그 몸을 안았다.

〈주인님의 사랑의 가르침〉 끝

작가 후기

안녕하세요. 또는 처음 뵙겠습니다. 마니아 사이에서 음침함 좋아를 외치는, 남에게 폐만 끼치는 작가 니가나(仁賀奈)입니다. 마리로즈 문고의 창간을 축하드립니다.

제1탄에 이름을 올려주셔서 경악할 정도로 영광입니다! 여기에서 니가나를 불러도 괜찮은 거야?! 라는 느낌이 너무 듭니다. 진심으로 전율이 흐릅니다.

편집자라는 직업의 팔십 퍼센트는 도전 정신으로 되어 있다는 기분도 들고 있습니다(웃음). 분명 틀림없겠죠.

권유해 주셔서 감사합니다.

수수한 안경잡이가 맨 얼굴이 되면 엄청 미인으로, 주인공은 미인과 안경잡이가 동일 인물이라는 걸 모르고 사랑을 한다는 뻔한 전개였네요. 뻔한 거 너무 좋아합니다. 최고입니다(웃음).

이번의 주인공은 그 뻔한 데에 약간 변태가 더해져 있기 때문에 부디 본문에서 확인해 주시면 좋겠습니다.

귀여운 얘기를 목표로 하고 쓰기 시작했지만, 어딘가에서 뭔가의 주축이 틀어져 버린 것 같습니다. 근성인가! 근성이 비틀어져 있는 탓인가! 아니요, 아닙니다.

제가 좋아하는 방향으로밖에 궤도가 향하지 않았을 뿐입니다(잠깐).

왕도를 똑바로 걷지 못하는 마니악한 작가입니다만, 괜찮으시다면 또 어울려주시면 좋겠습니다. 그리고 이번에 엄청나게 폐를 끼쳤는데도 상냥하게 대해주시고 정성껏 지도를 해주신 편집자 Y씨에게는 아무리 감사해도 모자랄 지경입니다!

은혜를 원수로 갚는다는 것은 바로 이런 것이네요! 정말로 감사합니다.

그리고 이번에는 아야사카 리오(綾坂璃緒) 선생님께서 일러스트를 그려 주셨습니다. 너무 귀여워서 니가나는 밑그림이나 표지를 받을 때마다, 헤롱헤롱해졌습니다. 훌륭한 일러스트 감사합니다!

왕도인데 살짝 마니악하게 되어버린 이번 얘기를 읽어주

신 여러분도 감사합니다.

의견이나 감상 등이 있으시다면 편집부 분들에게 보내주시면 감사하겠습니다.

반년에 한 번 정도입니다만, 답장도 하고 있습니다.

그러나 니가나가 쓰는 글자는 해독이 어려울 정도로 엄청 글씨를 못 씁니다.

그러면 마지막이 됩니다만, 한 마디를.

니가나의 반쯤은 음침한 사랑으로 되어 있습니다. 나머지 반은 야한 것에 대한 갈망 등의 번뇌입니다. 사랑은 지구를 구합니다. 즉 음침함은 지구를 구합니다! 러브 앤드 피스 곱하기 이! 라는 장대한 얘기입니다. 훌륭해! 사랑 만세! 음침함 만세! 그리고 세계 평화!

조금 멀리 하고 싶을 정도로 딱한 사람이지만, 기회가 있다면 또 잘 부탁드리겠습니다.

니가나

역자 후기

안녕하세요. 송아름입니다.

이번 작품은 메이드와 주인님의 사랑 이야기입니다.

어릴 적 일로 얼굴을 가리고 사는 메이드는 사실 엄청나게 미인. 나중에 그것을 안 주인님과 사랑이 이루어진다는 어찌 보면 뻔한 이야기입니다.

그런데 이 작품에서는 약간의 반전이 있습니다.

그 반전은 뭐 여러분이 읽어보시면 알 거라고 생각합니다.

읽다 보면 사실 예상이 되는 반전이기도 하지요.

저는 끝까지 번역한 후, 뭐야 결국 그렇군이라는 반응이었습니다.

독자 여러분들의 즐거움을 위해 반전은 밝히지 않겠습니다만, 뭐 딱히 큰 반전도 아니지만요.

게다가 남자 주인공이 사실은 성격 나쁘고 변태끼가 있는 인물이라는 것도 반전이라면 반전일까요?

보면서 왜 줄리에타는 그걸 모를까 하는 의문이 들기도 했습니다.

마지막으로 관계자 여러분과 독자 여러분에게 감사 인사를 드리고 마치겠습니다.

감사합니다.

송아름